蕭輝楷文学評論集

蕭輝楷 著
黎漢傑、蕭映仁 編

蕭教授的恩師沈從文先生生活照攝於中國

攝於教授聯誼會宴會上

一九八一年八月攝於
美國時代生活出版社生日會

攝於家中客廳

一九八三年蕭教授攝於
大專院校畢業典禮文化協會內

攝於馬尼拉，亞太作家研討會的下榻酒店

一九八八年七月與學生白冠雲小姐和年輕的寬運法師合照

一九八八年七月三十日與剛研究所畢業
的指導研究生寬運法師合照

一九九〇年十一月與畢業研究生陶秀先生合照

蕭教授攝於香港大學校內鐘樓旁

蕭教授與各大學校長攝於香港大學鐘樓前(右一澳門大學校長薛壽生、
右二浸會大學校長林子豐、右三遠東書院校長黎嘉潮、左三前中大新亞書院校長
全漢昇、左二蕭輝楷教授)

攝於家中書房

攝於家中一角

攝於中國書法展擔任剪綵嘉賓

攝於中國書法展覽活動內正在演講

一九九一年十一月攝於課堂上教授中國文學課

攝於香港大學校長室與各校長合照（右一蕭輝楷教授、右二香港大學校長王賡武、右三遠東書院校長黎嘉潮、左一浸會大學校長林子豐、左二澳門大學校長薛壽生、左三前中大新亞書院校長全漢昇）

攝於美國時代生活出版社辦公室的生日會上

一九七八年四月攝於美國時代生活出版社南亞會議利園酒店內

與學生倪素玲小姐及朋友攝於船上

清華大學哲學大師賀麟先生伉儷訪港時與學生攝於香港中文大學教授宿舍

珠海學院文史系旅行拍大合照

攝於美國時代生活出版社辦公室門外（左一徐東濱先生）

與學生陳美霞小姐合照

在學生林慶芬小姐婚禮上合照

學生畢秀珍小姐（右一）與蕭教授女兒合照

一九九一年六月蕭教授與學生張家明先生合照

書法作品展上與學生王銳勳先生(左一)和倪素玲小姐(右一)合照

蕭教授與王銳勳先生(左一)及友人合照

珠海書院教授餐聚合照（左一黃毓民先生、左二喻舲艍先生）

與浸會學院舊生潘愛霞小姐合照

與浸會學院舊生潘偉成先生合照

與香港大學英語系教授黃康顯先生合照

與香港中文大學中文系教授蔣英豪先生合照

與遠東書院教授合照

與南開高中四四級同學合照(中間：徐東濱先生、右二喻舲艍先生、左二袁昌炎先生)

一九七九年香港中文文學獎，市政局餐宴與司馬長風先生 (中間) 合照

與大學同學合照 (左一馮寶群先生、左二徐東濱先生、左中劉鶴守先生、右二喻舲艍先生、右一蕭輝楷先生)

在北大校長蔡元培先生墓前合照（左一徐東濱先生、左二李如桐先生、右二前北大校長丁石孫先生、右一蕭輝楷先生）

拜祭前北大校長蔡元培先生

與前香港時報社長喻舲艍先生 (前排左二) 闔家合照
(後排左一徐東濱先生、左三中蕭輝楷先生、右二喻可欣小姐)

參加浸會學院大學畢業典禮與學生潘偉成先生(右二)及家人合照

一九八〇年美國國慶時代生活出版社遊船河後與李如桐先生(右三)闔家照

與蕭教授哲學恩師賀麟教授（中）及學生倪素玲小姐合照

蕭教授與年少時小女兒在書房內合照

在香港英文筆會聚餐會與香港作家合照

香港英文筆會團體大合照

與名書法家袁鴻樞先生合照

攝於袁鴻樞先生門人書畫展覽會

珠海學院同事合照

攝於珠海書院文史系謝師宴會上

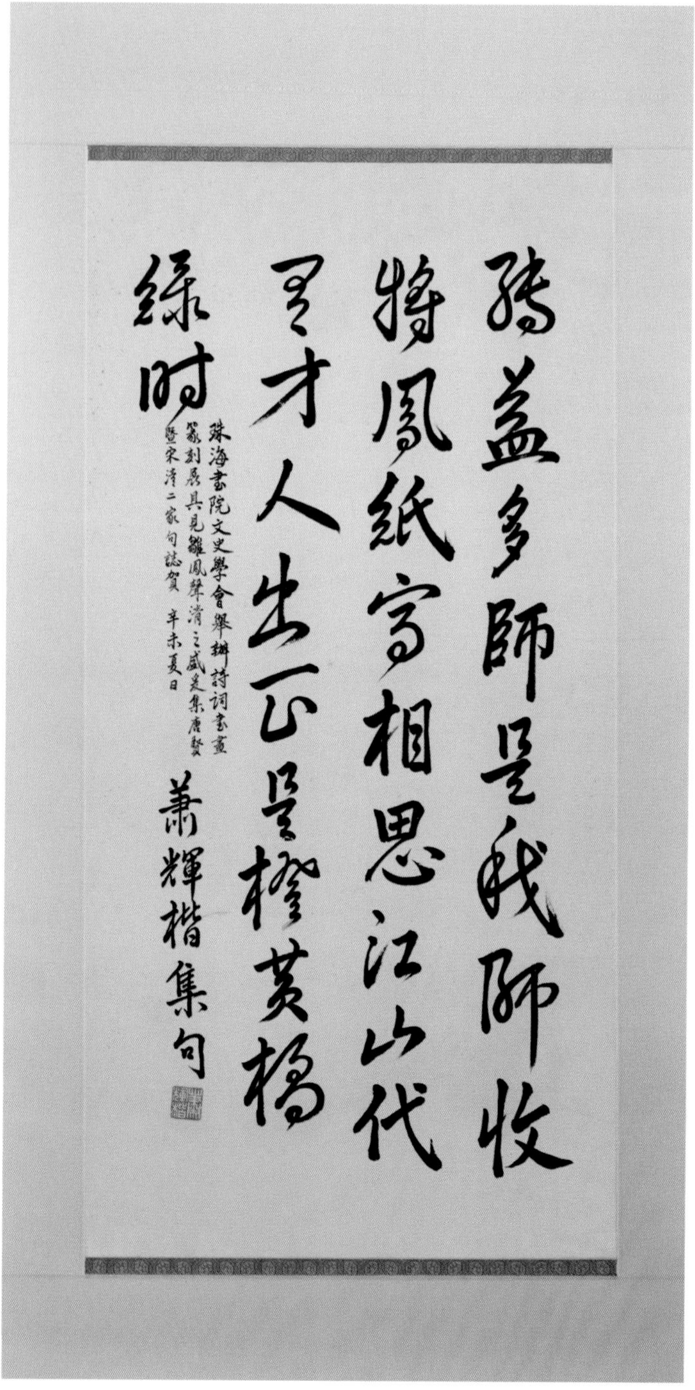
轉益多師是我師收
將鳳紙寫相思江山代
有才人出
正是橙黃橘
綠時
珠海書院文史學會舉辦詩詞書畫
篆刻展具見雛鳳聲清之盛是集唐賢
暨宋清二家句誌賀　辛未夏日
蕭輝楷集句

蕭輝楷集句
「轉益多師是我師，
收將鳳紙寫相思，
江山代有才人出，
正是橙黃橘綠時」

《蕭輝楷文學評論集》略談

黃子程

緣起

蕭輝楷先生在生時，未能認識，無從說起，今為其文集編輯的朋友，請我在此為作品寫點讀後感想，能不從命？

蕭先生生平服務的機構，友聯出版社也。是以我認識的前輩林悅恒先生，跟他是同事，通過林先生，我略知蕭先生生平之一二。

還記得當年我讀小學時，已經跟他主編的《友聯活葉文選》打交道：每個星期，國文老師講解文選一篇，就這樣，我的文言文水平，就靠這一篇篇的《活葉文選》，奠定了我的語文基礎。今天，林悅恒先生告訴我，蕭先生對文選的編寫，功勞不少。文選中一系列的古文、詩、詞，不同朝代的名篇，都是他的團隊精心編寫（從註釋到白話語譯到通篇剖析）而成。

蕭先生的文化貢獻不止於此，今經藝發局批核，獲得資助的這本遺作，亦得以出版，讓我們可以透過他的作品，認識這位總編輯的文學造詣，此亦人間快意之事。

我從林悅恒先生得悉，蕭先生為人剛直不阿，是非分明，嫉惡如仇，酷愛文藝，余細閱其文，深以為然。細賞之餘，還覺得他是一個憤怒的青年、中年、老年，沒有這份憤怒，他評論的五四文學作家，就不可能寫得這麼有份量了。

他讀五四名家的作品，頗跟一般研究者有明顯差異。在他的筆下，沒有和稀泥，而是尖銳不留情面的解剖，穿外衣也得脫下，五四作家群在他筆下，似乎另有一個不同的面目呈現出來，而且還可發作深入思考。

這議論滔滔的五四作家評論，作者選取了李廣田——一個絕非光芒四射的作者，他寫的散文無偉構、無巧思、無博識、無卓見、無邃境，乃至沒有任何足堪使人奪目神搖的藻詞麗句，然而他有他的「手實」與「結實」……他選了李廣田〈到橘子林去〉作為作品實例，叫人信服。

然後他寫沈從文，則以《蕭蕭》為例，闡釋沈從文的獨特風格，運詞構句的簡練、意象運用的出神入化。

他寫老舍，以〈微神〉的寫作結構製造了「時空交錯」的效果，非常顯現的特色，叫人佩服。

他寫巴金，以其〈煤坑〉剖析巴金擅寫「情緒的培製」，故事經營並非他的重點，他的創作意圖在寫出社會的煽動、情緒的焙製！用以配合小說〈煤坑〉的礦工面對「活埋」的恐怖。〈煤坑〉一個短篇，欠缺情節、動作的「煤礦生涯」，以速寫帶出，直壓得人透不過氣來。至此，暴露醜惡又不是蕭先生引為金科玉律的，他不以「暴露醜惡」為善，蕭先生的文藝觀絕非「暴露醜惡」，他追求的是善，是改造社會、改造人生！

論冰心，蕭先生認為冰心念念不忘要用小說來說教，在〈超人〉中，冰心塑造（捏造）了兩個人物來直接在對白中「發表演講」點示主題，使倆有幾多於此可見。

蕭乾的〈珍珠米〉，在蕭先生眼中，說是一些短小精悍的論文，不如說是一些短小精悍的散兵游勇吧！在先生評價下，蕭乾長篇小說《暮之谷》，只能是一部相當俗氣的師生戀小說，也可以說是一部數十萬言的臃腫的「散文」而已。至於〈珍珠米〉，此本散文集是蕭乾對英國人一段又一段的厭煩，感到絮絮叨叨的牢騷，蕭先生這一篇散文還算是一顆渾圓無暇的珍珠米，絕非一般「前言不對後語」的一些現代散文。

許地山〈春桃〉的評論，給予許先生一美好光華——一種溫和如玉的神采、可親的君子的光采。

許氏的〈春桃〉，在蕭先生的評價中比較特出：他指出許地山在春桃的寫作技巧已臻某種圓熟境地！為此，蕭先生特別為他這一判斷細細地在藝術水平上逐一細論，他的結論是：「自平凡中見機巧，自真實中出詭奇」蕭先生認為是藝術上圓熟的表現，而且通篇能自然透出淳樸典雅的溫暖。

無論如何，許地山的〈春桃〉，可說是得到蕭先生的高度評價，但這作品唯一的缺點，先生特別表示：〈春桃〉缺乏了作為小說之血肉的「紙上戲劇」的質素，可見他的對文類的執着，作為小說創作，戲劇性是頗為薄弱了的。

至於蕭先生論作品，重中之重的，可以說是細論徐訏的力作了，《江湖行》、《風蕭蕭》、《悲慘的世紀》是徐訏三大作品，他特別推崇《江湖行》。

徐訏先生在一九六八年第一次任教香港的大學，當時中文大學還未完全遷入沙田，筆者就讀新亞書院，在農圃道上課，有幸中文系請得徐訏任教一科「小說創作」。我選科後，才知道他並沒有教我們寫小說，只是泛論一下新文學各派論爭的觀點。好生失望。但卻乘機讀了徐老師不少創作，獲益良多。

回頭再論徐先生的創作，蕭先生認為《江湖行》是徐訏的代表作。他這樣論述徐訏《江湖行》這部大作——作者表面上在寫的似是一個奇情故事，骨子裏都顯然具有「要將近代中國的風貌與律動凝為某種長卷浮雕」的莫大野心。

根據蕭先生的評述，徐訏在小說中，插入不少獨白、自剖、哲理、社會觀，還有不少參禪証道，勘色了塵，有意識流有存在主義式的閃爍與點綴，作者說：「最後幻現出一部中國式的現代派哲學小說。」

《江湖行》一書，非比尋常的作品，用蕭先生的話去說：「縱有如許瑕疵，我們卻仍不能否認《江湖行》之為一部難得的精心傑構。」

對於這部作品，蕭特別評價了這部大小說的幾個特點：

其一，是作者爐火純青的文字功力，徐訏的文字，在這篇大作上，寫景和用字一力千鈞。其二，是筆路藍縷的史筆境界。

我同意《江湖行》是徐訏先生的力作，也是他一生對現實中國社會的個人投射，然而真實的中國歷史並非如此走。中國社會的變遷果然巨大，最後也從紛亂雜離中脫胎換骨，中國社會走上今日安定繁榮的道路。但蕭先生的政治不同，他的取態跟徐先生一致，蕭先生評《江湖行》的最後一段，是這樣寫的：

將——「半個中國的二十年急劇演變」全部融入一個名士美人的風流故事之

中，而且居然大致給辦到了的那種史無前例的成就。

從「風流故事」格局而言，作者誠然缺乏應有的種種粉膩脂香，但從「時代史詩」品味而言，作者以不到六十萬字的篇幅，靠了「故事具相」的無可奈何的犧牲，卻總算已將「陷共前的現代中國全貌」之風韻神情大致具相化了——作者就憑藉幾個男女的離奇遇合，引導着讀者從北伐以後的休養生息（農村的安樂與都市的繁華），逐次瀏覽了城市的左傾學運，鄉區的共黨鬥爭，以至抗戰初期的轟轟烈烈與抗戰後期的消沉混亂……雖說是走馬看花而兼霧裏看花，「現代中國」的基本輪廓總算已是躍然紙上的了！

蕭先生對於徐訏力作給予最高拜服，認為這是徐訏的代表作，這部小說當然值得我們後學一輩認真學習，至少，我讀畢全書，也深深為徐訏行文的功夫——流麗見文采，深深拜服，一本六十萬言的小說，處處活潑，生動的文字，可不是一般作家可以達至的。

不過，蕭先生認為此書有史筆境界，我卻有所保留，水平是否如此之高？蕭先生為老朋友添上了高度的稱頌，恐怕也是可以諒解的吧。

編者的話：

今年是家父逝世三十週年，為了紀念他會繼續出版新書，而這次着重文學為主，新書書名是「蕭輝楷文學評論集」特別用父親的名字命名突顯他的重要性。替家父出版書籍本來就不是一件容易的事，要到處搜尋他的文章和手稿編輯成書。除了要校對文章還要設計封面，有時候甚至連書名字體都要親手用毛筆書寫，一點也不能馬虎。最困難是要找到朋友幫忙寫序文，很多時候因為家父的朋友已年紀老邁，無力寫作或已經辭世不能幫忙，所以往往需要親力親為，真是非常勞心勞力。

然而，儘管是困難重重，再多一點考驗都不會讓我放棄替他出書的初心，我不會退縮因為我有一種信念：就是要有梅花精神，遇到大風雪都不怕仍剛毅不屈，迎難而上一定要完成父親生前的心願，讓他的文章和精神廣傳下去，讓後世更多的年青人可以讀到他的文章，欣賞他優雅的文采和學習他治學及為人處世的態度。所以新書封面和封底用了梅花的設計是把父親的堅強剛毅不屈精神表達出來，並書名用中國書法來表達出華夏文化優美的一面。書本採用了家父最喜歡的紅色和粉紅色，有喜慶、熱鬧之意。最後封底摺頁引用北宋詩人蘇軾一首詩作結，因為小時候在作文時父親教導我用「雪泥鴻爪」一詩抒發心情，所以印象特別深刻。

這評論集主要品評中國近代著名文學作品和作家及對他們的故事結構編排有着獨到的見解，更進一步作文章分析。這本文學評論集內容豐富、故事多樣化，其內容大致分兩大類。一類是文學評論部分、另一類是傳記文章部分。在文學評論部分內容包括許地山的〈春桃〉、徐訏的〈江湖行〉、沈從文的〈蕭蕭〉、冰心的〈超人〉、老舍的〈微神〉、巴金的〈煤坑〉……等等，涵蓋小說、敘事文、散文及古詩評論，可說是家父多年來對中國文學作品的體會和心得。文章內容精彩生動有趣，扣人心弦。至於傳記文章部分大多是對他的老師和朋友悼念，可知家父對長輩和朋友懷着一份難能可貴的感恩和思念之情。

雖然出版書籍經費不多，然而連續出版幾本著作也少不免會帶來金錢的壓力，幸好初文出版社社長黎先生幫忙，去年向香港藝術發展局申請資助現已獲批，才減輕了不少負擔。在未來數年可以善用資助陸續地把家父在文學、佛學、哲學、詩詞……等方面有價值的作品集結成書，一方面希望父親的遺作流傳下去，另一方面亦可以春風化雨。換言之，對香港文壇以至中國文化承傳有着莫大的裨益，確是一件非常有意義的事。

作者的女兒
蕭映仁

目錄

第一輯　現代文學評論

第二輯　古典文學評論

第三輯　人物傳記

附錄

第一輯

現代文學評論

在「意識流」與「江河萬古流」之間——關於現代創作與古典模仿的選擇

在人的畢生歷程之中，青年時代正是靈動如詩、璀璨如夢的時代，因此，也正是最易愛好藝術，最可能對創作活動心嚮往之的時代。然而，同樣地，在人的畢生歷程之中，青年時代又正是世界剛剛在眼前展開，靈魂剛剛從混沌深處探出頭來的、鮮嫩如詩而又迷茫如夢的時代，因此，也正是最需學習模仿，最不可能從事真正創作的時代。這一矛盾的夾縫是自然形成的，青年朋友們對於文藝世界的一般態度，往往便是由愛好文藝而渴望創作，由渴望創作而嘗試摸索創作的道路，由嘗試摸索創作的道路而又缺乏真正積自人生經驗的創作基礎，便不能不走上別人所已開闢的、自己覺得還能跟着走也樂意跟着走的道路——這便是所謂「模仿」，對於自己心目中的權威作者、權威作品、權威風格、權威風尚的模仿，像早年的杜甫模仿陰鏗何遜、早年的莫泊桑模仿福樓拜一般的模仿。這種模仿的現象，不僅是自然的，正常的，而且是適當的，必要的，為幾乎每一個偉大作家所不能不經過的。

不過，應該注意的是：一個真正懂得模仿的人，必須善自選擇自己的模仿對象，必須在林林總總的千蹊萬徑中，看出一條大致可信的、顯然具有美麗前景的模仿方向——這本不算一件難事，這本是一件只需健全常識即可大體判斷的事，然而我們現在這個顛倒離奇的時代，我們現在這塊在文化上飄搖無依的土地，卻使這種正確堅實的選擇，居然成了一件難過上青天也難過駱駝穿針眼的難事！

這是無可奈何的。人不能不受時代的影響，敏感的年青人自然更會深受時代的影響；人也不能不受環境的感染，正在學習途程中的年青人自然更會深受環境的感染。我們置身的這一時代，是一個一切標準全已傾覆、一切價值全在解體、苦悶荒謬虛無頹廢的時代；我們託足的香港這塊土地，更是一塊素無本身文化的「土淺風大」之區，一塊久習於以中國現行風尚為文化，以西洋新起潮流為理想，因而現在也就自然會以今日中國的苦悶荒謬為文化、以今日西洋的虛無頹廢為理想的「東張西望」之場。這種時代，這種環境，全在逼使我們去走一條嗜血嗜肉嗜陰暗嗜夢魘的魔鬼的路，一條純破壞純虛無純荒唐純放縱的虐待狂兼被虐狂的路，一條以殘賊為豪壯、以貪婪為純真、以荒謬為睿智、以胡鬧為自由、以破壞為開創、以怪誕為新穎、再以這些「豪壯」、「純真」、「睿智」、「自由」、「開創」、「新穎」為「價值創造」的、慾火攻心、痳瘋入髓的路。

我很抱歉，我恐怕不能不在這裏冒瀆當代若干才華橫溢的可敬的作家，上述的這麼一條路，表現在文藝上，即是所謂「現代主義」的「意識流」的路，換句比較通俗易解的話，亦即「世紀末思想」或「變態心理」所藉以表現的「白日夢」和「噩夢」的路——這條路既時髦，又刺激，而且還易於藏拙，甚至在這裏面幾乎就無所謂「拙」與「不拙」，因此成了青年作者們所極易選擇也極易耽溺的模仿的方向。可是，非常遺憾，一方面正因這條路之幾乎不辨「巧」「拙」，它就成了一種缺乏客觀品鑒尺度，從而其成果遂極難識別、其成敗遂幾乎只能訴諸僥倖的創作方向（這種「僥倖」的大致情況通常是：若干偶然因素碰巧輻輳而成一種社會的鬨動，從而刺激讀者，化為當下一股流行的話題和趣味）；其次，更重要的，由於這條路在表現「時代」，表現我們這一變態的瘋狂的時代，而如果人類在我們這一「現代」之後還有「後世」的話，那一定是不曾為今日這種變態瘋狂所扼殺的後世，一定是足使人類生命能夠持續下去的後世，亦即一定是一種具有比較正常比較清醒的大腦的人所組成的後世，這樣，在這種比較正常比較清醒的「後世」心靈的眼中，我們這條「現代」的路，也就必然是一條他們所不能了解也不願了解、不會欣賞也不肯欣賞的毒霧漫天血腥遍地的路，一條必為後世所嘲笑、漠視、遺忘、湮滅的，在滴水之中蠢蠢蠕動吞噬不休的，原始生物群的可憐的路。

「文章千古事」，「李杜文章在，光燄萬丈長」，文藝創作是訴諸全人類的共通心靈的事，是幾乎純以作品所傾訴的對象之超時代、超地域、超種族的程度，來決定其真正偉大程度的事。古今中外的最偉大的作品，所謂「百世流傳」，「萬方轉誦」，「經得起時間淘汰」，「受得了異時異地考驗」的作品，在邏輯上就必然是超越特殊時代特殊心態的，能夠訴諸全人類的公心的作品，換句話說，亦即必然是訴諸人的正常心靈正常情意的作品——這種作品，便是所謂「不廢江河萬古流」的「古典作品」；這種作品的道路，便是所謂「汪洋浩瀚」，「爐火純青」的「古典的道路」；這種古典道路的價值、便是在「時間淘汰」、「地域考驗」、「歷史作證」之中，經由世世代代千千萬萬懂藝術懂文學的「明眼人」，一齊舉起心靈的手，用他們的「行家公見」來不斷肯定才獲建立的價值；因此，對於表現這種永恆價值的創作方向的模仿，正如對於同是前人經驗積成的、吃糧食而不吃毒菌的飲食方法的模仿，剛好即是最平實、最健全、因而最能獲致真正成果的模仿。

當然，這一模仿的道路可能是平凡的，艱辛的，漫長迂遠的。在這條道路上沒有魔術，沒有奇蹟，它不會像薩岡的《日安，憂鬱》或石原慎太郎的《太陽季節》一般地，僅憑一部著作就能把二十歲左右的作者一下抬上文壇的頂層，它所要求的正是像托爾斯泰對《戰爭與和平》，曹雪芹對《紅樓夢》、密爾頓對《失樂園》，甚至歌德對《浮士德》那樣，要為一部傑作付出六年、十年、二十年乃至六十年的辛勤努力——然而，也正是這種辛勤努力的道路，才會是堅實的，偉大的，永恆的，像長江大河的萬里流水一般，千秋萬世地永遠在人類心靈中浩蕩奔騰的。

刊《中國學生周報》第五六六期，一九六三年五月二十四日

散文之美與〈到橘子林去〉

散文是一切寫文章的人最初使用也最常使用的文體，然而，脱卻了一切實用目的的純散文——或者說，文藝性的散文——在我的了解之中，恐怕正是一種最難討好的文體——它可以講故事，這故事只能是某種粗枝大葉的綱領；它可以繪人物，這人物縱不面目模糊，也必僅止於某種驚鴻一瞥的片段；它可以寫景，這景色更往往只會擠成一片明信片上的呆楞楞的山色湖光；它可以說理論學談掌故，而這其間的最高成就，當仍不外浮光掠影，頂多，最好聽的，「散金碎玉」而已。因此，我常常覺得，西洋的那句名言：「散文只能算是小說的片段。」實在並非過分刻薄的話。

不過，我仍然相信，好的散文仍可有它自己的藝術生命——和詩一般，散文的本質在抒情，在憑藉一些信手拈來的或人或事或境或理的素材，對某些瑣屑但也具體、小巧但也親切的「簡易情感」之輕盈瀟灑的雕塑，一種毋需乞助於詩的凝鍊或小說的壯闊或戲劇的繁富緊張而仍可有其動人意趣的淡淡着墨的小格局的雕塑。

這樣，我所理解的好的散文（撇開今日那些以「現代」為號的「意象遊戲」不談），其作者必須善於捕捉某些平凡的情感，同時，必須正是一個對於文字效果具有高度敏感的、極擅遣詞用字的文字能手。

這是我的一貫見解。現在，攤開李廣田的好幾本散文集子——他自一九三六尚在北京大學讀書以迄一九四三已在西南聯大任教的這些年月中所出版的——隨意翻讀下來，我再一次向自己確認了上述這些見解。

李廣田絕非精芒四射的才人，當然更非學碩思深的學者或思想家，他的文章中無偉構、無巧思、無博識、無卓見、無邃境，乃至幾乎不可能有任何足堪使人目奪神搖的華詞麗句，然而他有他的「平實」與「結實」——我們可以不必理會他早期那些沒有情節的故事與沒有神情面貌的人物，我們甚至也不必理會他早期那些粗陋刺眼的語法。總而言之，隨着時日的推移，在他的題材愈來愈徇實而文字也愈來愈洗鍊之後，我們終於仍可讀到像〈到橘子林去〉這種字字皆見分量的、不時洋溢蕩氣迴腸之致的美好篇章，李廣田終於成為一個成熟的、勁氣勃勃的散文作者了。

〈到橘子林去〉是李廣田對他和他女兒小岫在抗戰時期昆明生活情境的一小角素描——從孩子的嬌憨到父親的體貼憐惜，從馬的「嬌憨」到趕大車的對自己牲口的體貼憐惜，這兩股「感情主線」中交織而出的是，孩子嚮往「橘子成熟」與悲痛「燕子遭難」的純真與善良，「趕大車的」的樸實、勤奮與致力抗戰需要的努力，然後是順筆迸出的對「北方鄉親」的親情與對「北方的風沙」的懷念。而這一切，都正在抗戰昆明那塊明朗的藍天之下，在那座精力瀰漫的城市、「金碧輝煌」的崖嶂與「披滿綠草」、「陽光照眼」的郊野之間，最後歸結為孩子那股「堅決要學好」的意志——歸結為對抗戰大後方那種「一片生機」的無形的頌讚。

這是一篇處處見感情而諸感情又全都能自然融會輝映的文字，一篇就字句論亦稱溫馨精緻的美好文字。

刊《中流月刊》第一期，一九七一年二月十日

藝術巨匠的浮雕——〈蕭蕭〉讀後

沈從文先生是我平生三位恩師中待我最厚（雖然對我的啟迪分量卻反而較輕）的一位。我自廿一年前叩辭從文先生，離開那個滿地冰雪的北平以後，也就自自然然地離開了當年從文先生把我強拉着跑過十里八里的那條文藝創作的道路。今天，面對案頭的《沈從文選集》，我不能不深感歉疚、惆悵、蕭索、落寞、以及其他形形色色的無可奈何——最麻煩的，我不能完全擺脱一個學生「試圖議論曾所親炙的大師之作」的那分惶悚心理——事實上，如非本刊編者這次特地要選從文先生之作，我想我是很不可能主動介紹的——因為我一直覺得我還應該向從文先生學習，還應該一直學習下去。

這樣，我希望：如果我下面的話有所溢美，這種溢美應該是純在人情之中，而深值原諒的——我想説的是：我認為，（必須插一句，我不相信這是我自己的過分主觀，因為當年的劉西渭亦即李健吾在《咀華集》中批評從文先生《邊城》時，也說過類似的話。）從文先生是當代中國作家群中極其罕見的「真正的藝術家」，他的作品不是所謂「文章」或「小說」或別的甚麼，而是真正本乎藝術家的自覺與良知，用精神斧鑿一錘一鑽地雕琢出來，再用心血去一遍又一遍地淬鍊打磨過的、分寸必爭地力求逼近「完美」境界的藝術精品。

〈蕭蕭〉並非從文先生短篇創作中特具代表性的篇章（我倒希望介紹〈三三〉，或推薦〈八駿圖〉。），由於從文先生的作品無一不具分量，在〈蕭蕭〉中，我們也自可管窺一下他所獨有的風格特徵，或者說，他所獨有的藝術成就。

首先可以立刻體會的，是從文先生在詞語功力上的成就，那種簡潔瑩澈，一塵不染的成就。隨便拿第三段來舉例好了，下面括弧裏的話是我故意佛頭着糞所加的胡謅，因為這是許許多多人（包括我）都可能真正這麼浪費字眼的：「（不過，）也有做媳婦（居然）不（去）哭的人。（像）蕭蕭（一個如此這般的女孩子，）做媳婦就不（沒想到要）哭。」「（在她心目中，）出嫁（麼，）只（不過）是從（現在住的）這（個）家轉到（另外）那（一個姓甚麼的）家（裏去而已）。因此（，）到（了）

那一天（，）這（小）女人還（像孩子們鬧着玩一般，一味）只是（傻）笑。」——不謅下去了，讀者不妨隨便拿任何段落試試看，看從文先生在他的少無可少的字句中所寫出的，是否真比我們的囉嗦損失了甚麼東西。

簡鍊不算出奇。我們稍加審視即可發現的，是這種簡鍊字句點染成的意象之出神入化，爐火純青——在楚楚風致中的那種光影參差、尺幅千里的成就。譬如，蕭蕭比她的小丈夫大了足足九歲，而且公然在小丈夫面前偷漢子，還就在婆家養下一個只比丈夫小六歲的野種，然而這小丈夫卻怎麼也捨不得把她嫁出，最後，帶着野種，居然一樣恩恩愛愛圓房作夫妻！這當然是兩人早在不知不覺中培育出了某種無可芟拔的愛情的緣故。我們不妨看看從文先生如何去鉤勒交代這段似姊弟又似情人的、似輕淡而實醇濃的愛情——前後着墨之處頗多，主要則是描寫「餵棗子」，自「弟弟，弟弟，來，不許檢了。」至「丈夫照她的命令作事，作完了覺得有趣，哈哈大笑。」這一段；短短八行，迸湧的是一股直透丹田的溫暖，其嫵媚纏綿之致，別說時下作家的連篇累牘未必趕得上，即使《紅樓夢》中「意綿綿靜日玉生香」那一整段的效果，我覺得恐亦不外如是而已。

但從文先生的真正成就還不在此，上面這些仍不外細微末節，仍只能算是一個高明藝術家的精純之巧，或者說，是有「文字魔術師」之號的從文先生的「魔術」造詣而已。從文先生運用這種種「魔術」來表現的，作為一個藝術家真正藝術生命的，是他那種「表現宇宙人生之美而不是醜」「給世界增添美而非增添醜」的藝術用心，以及在這種用心下所獲致的那些個鎔山鑄水，點鐵成金，化腐朽為神奇，宛如春風解凍一般的「靈魂工程師」「精神糧食耕作者」的成就。他的作品中的人物和故事全是真實的，而且，全是真實得如此善良，如此美好的——他筆下的悲哀無非皚皚白雪，適見其掩盡大地的污穢與坎坷，那些毋需悲哀者，更悉屬豔豔春花，無一不足使平凡的世間遍綻錦繡。因此，在〈蕭蕭〉中，我們看見一個少女童養媳去抱孩子丈夫的本已極醜的故事，一個由此而通姦失身、養私生子、以至要「浸豬籠」的醜上加醜的發展，然而其中的人物包括姦夫在內，個個善良，一切醜事彷彿都只能由「陋俗」去負責，而且，重重醜惡，到最後竟能（非常自然非常合情合理地）歸為一團出人意表的皆大歡喜——同一題材不知業經多少作家寫過，然而似乎從沒有如是飄逸，如是玲瓏，如是溫柔敦厚的寫法的。

溫柔敦厚，不呼天搶地，不指天戳地，不怨天咒地，塑造愛而非塑造恨，培育清明而非煽動瘋狂，在無邊的善中直指第一層次的美，因此近半世紀以來，從文先生遂歷盡政治掮客與各色唯恐天下不亂者的圍攻——也因此，在我心目中，從文先生雖欠磅礴之作，視中外歷史巨人尚差一間，卻早不失為最足代表當代中國藝術生命的巨匠了。

北望燕雲，我敬禱從文先生無恙。我仍企盼着他最後最偉大的鉅製。

刊《中流月刊》第二期，一九七一年三月十日

老舍新潮，微神猛鬼

我自己從來就不大喜歡老舍，我覺得他的作品，從小說到戲劇到詩（我讀過他的一首幾近千行的超級長詩〈劍北篇〉），幾乎一股勁盡是些矯揉造作，不瞞您說，連他那素負盛名的漂亮流利的京白，有時也會讀得我渾身雞皮疙瘩——因為那股滋溜油滑味，往往便不是故事氣氛與人物性格真正承載得起的。老舍曾在天津南開中學教書，據說某次上辭職信，惡疾纏身醫囑休養一大堆之後，再在箋末加註云：「附啟者：如荷加薪五元，前議即可取消。」（結果是校長張伯苓立批加薪十元。）這或可視為「美談」，但前幾年周作人從北平致函香港成仲恩先生（真蹟曾製版刊出），提及北京有四大不要臉之說，其一為郭沫若，其二即老舍，這該是大家記憶猶新的了。文如其人，我想我對老舍作品的不喜歡，恐非任何成見所致。

這裏的這篇〈微神〉，雖說仍是我不喜歡的絕對矯揉之製，倒的確有點值得介紹的新東西——這該算是幾十年前老祖母時代的舊玩意了，然而這絕不好視為明日黃花，這正是和今之「現代派文藝」，今之所謂「存在主義」、「意識流」、「反小說」、「荒謬感」諸如此類的「新」風格非常非神似的「超時代作品」。

〈微神〉中的「現代派」「超時代派」的大致表現是：

一、題目與正文內容間的關係非常費解，甚至題目本身即不可解（一般的說法即是「不通」）；

二、文章結構力求顛三倒四，以求製造某種「時空錯亂」的效果——在〈微神〉中，由春郊晴賞一下幻為「沒有陽光，一片紅黃的後面便全是黑暗」的「鬼豔的小世界」，再朝「真實的經驗」一拉，接着一放便是「去探險」，彷彿真正進入小房，看見一對「小綠拖鞋」，然後即展開「追溯鏡頭」（其來無始的「她」和「她家中」和「那一回」的「割入鏡頭」），然後又是「割出」，回到「我正呆看着那雙小綠拖鞋」，於是死後的「她」出現了，於是「握住她的腳」「露出沒有肉的一支白腳骨」了，最後立刻便「太陽已往西斜去」，又回到春郊（的墓地）了——其實這些絕非真正難解，全不外極淺薄的故弄玄虛，表示自己在發白日夢而已；

三、文章詞語力求堆垛，擠成密密麻麻，使人透不過氣來的一大堆「形相」，而且必須加上一些洋字眼，一些怪形容，和一些使人作嘔的說法，以布置「緊迫」、「荒誕」與「詭異」——〈微神〉第一段，二百餘字中，清明、海棠、蝶、蜂、白雲、燕兒、風、柳枝、四外的綠意、田中的晴綠、小山、樹的柔嫩、藍天的暖和、雁隊、三月蘭……洋洋大觀，一切涉及春的應有盡有（繁富吧？小神龕裏放進這多菩薩，擠也擠死了，怎麼「繁富」得起來？再說，後面的一大段又一大段，說來說去三幅被，卻又一直只是這些可憐巴巴的「形相」哩！），這是「擠」；英格蘭、蘇格蘭、德國黑林、赤道附近，這是「洋」；「夢與真實中間的一道用聲音作的金線」「三個尖端浸在流動的黑暗裏」「彩色不飛入空中」，這是「怪」（像李賀詩一樣的怪）；「鬼豔」和在正說着話的人身上拉出「沒有肉的一支白腳骨」，這是讓人作嘔的「詭異」（類似卡夫卡等的詭異）；

四、沒有故事，只有報帳式的（或曰「電影說明書」式的）情節交代；

五、也沒有人物，因為其中「人物」必是在現實中顯然並不存在的、無端端自虐虐人的魅影——〈微神〉的「她」，（平日不知要和多少陌生青年男子接觸的，受過「新教育」的，）能作平民學校教師，而不敢見本是青梅竹馬愛侶的校長，能接受狂蜂浪蝶的追求，而不敢接受情所獨鍾、心心相印而且堅逾金石的愛人的回信，能在父親吸毒需索之下被迫墮落（「舊禮教下的可憐蟲」），卻竟有視任何「禮教」如無物的「賣淫」的勇氣（必須知道，民初的大煙是連貧農苦力們都普遍吸得起的）——一切全無任何稍近情理的解釋，因此，這「人物」也者，無非紙人紙馬，硬行指派出來製造虛偽感傷的 Sentimental（西洋專門用以形容「裝腔作勢的感傷主義」的字眼）式的幻象而已。

除去上述這些「現代」特徵，附帶不妨一提的，是老舍在〈微神〉中流露出的那種（必須用造作來掩飾的）辭彙功力之寒傖。譬如，第一段的「蝴蝶們還很弱」這個「弱」字便實在弱得可以——至於當中形容「她」的臉，只曉得「蘋果紅」、「香紅」、「紅潤的胭脂泉」、「耳根兒都紅」、「花影都給浸漬得紅豔」，轉去繞來，真箇是又紅又專之類，自更不在話下。

然則老舍豈非浪得虛名，一點好處也沒有？

好處還是有的。就〈微神〉論，假如把前面兩千多字與後面兩千多字都通通刪掉，截頭去尾，只留下「愛情的故事永遠是平凡的」到「反正她在我心中永遠不死」這段三千字的腰身略作調整，那倒委實是頗值一讀，一段洋溢羞笑偷窺、偎憐畏縮的初戀之情的文字，一段甚足勾引讀者兒時甜憶的迴腸蕩氣的文字，我相信這是真實的，這是老舍把他心底裏某些「前塵如夢，往事淒其」的感情真正抖露出來了的。

刊《中流月刊》第三期，一九七一年四月十日

來自「鄉土」的迷霧——〈鍾敖〉讀後

沙汀是抗戰後期以迄戰後的一位聲名鼎盛的鄉土文學作家。中國鄉土文學的興起，大概是九一八以後，舉國正在提倡「民族文學」「國防文學」時期的事。鄉土文學的特色一般是：取材側重鄉土風貌，用語強調鄉土方言，因此自然易於獲得一種「泥土味十足」的質樸親切乃至雄渾豪邁的效果。不過，這裏必須指出的，「鄉土文學」畢竟仍得是文學，仍得運用各種基本的有關文藝創作的講究，去承載它的獨特的風格，不然的話，「質樸親切」即可能一變而為呆滯生僻，「雄渾豪邁」即可能一變而為粗陋鄙俗，它的獨特風格剛好便可以給它帶來各種獨特的瑕疵——這裏，由於「取材側重鄉土風貌，用語強調鄉土方言」這一風格原則極易把握，而各種基本的文藝講究卻必須在「文學修行」中經歷千迴百轉的艱辛，易者易而難者難，許多「鄉土文學」作品遂往往只見「鄉土」而不見「文學」。我對沙汀的這篇〈鍾敖〉，感想正便是這樣。

〈鍾敖〉給予讀者的第一個印象應該是：這是一篇用上了大量四川方言的文學——我自己便是道地四川人，然而〈鍾敖〉使我一開始便感到不舒服的，卻剛好正是它的文字。我應該說：這是一種絕對不足為訓的，不僅雜亂而且彆扭，不僅彆扭而且晦澀的「大雜拌」或今之所謂「雞尾酒」——方言在這裏不僅用於對話同時也用於作者的直接行文，而無論是對話還是描敘，這「方言」都全不外是若干零星錯落的四川詞彙之硬生生嵌入整個「國語」基調之中，宛如大米飯中亂攙進的顆顆沙礫。而且，這所謂「四川方言」，竟還多是一些川北土話，連我這個忝為沙汀同鄉的人都未必通曉的。譬如第三段：「僥倖我是喜歡喝幾杯的，我開始向杜康乞靈了。每天三台，醉了就睡。」這裏的「僥倖」是國語（川語該是「幸好」「好在」「虧得」等），「乞靈杜康」是早已酸腐的文言，「三台（枱）」則是川北土話；更糟糕的是「臨時僱工」亦即鄉巴佬的直接講話，一面是四川字眼，一面卻也能把「鬧熱」說成「熱鬧」，「遭不住」說成「吃不消」，還會說「就只一點」（川語標準說法我一下想不起，但肯定地不是這樣說），竟儼然是已在省外混了很久的知識分子了；最麻煩的，這種「川語」「國語」並用的極致，竟能發展成既有「硬朗」（川語應是「好精神」或「硬肘」）之類京片子，又有「十八福柳着你讓」（我就實在不懂）之類鄉曲格言……總而言之，這種所謂「方言的運用」，實不外是語言功能的根本取消（因為唯「合習慣」始能「通達」，唯「通達」始能「表現」乃至進而達成各種「細膩精巧、生動傳神的表現」），換句話說，實不外是某一特殊個人之南腔北調所胡亂攪和成的一鍋稀里糊塗而已。

當然，一個大麻子未必即沒有一個美好的丰姿乃至一個玲瓏的靈魂，一篇滿帶文字瑕疵的作品未必即準無生動的人物乃至引人入勝的情致，這裏我們不妨進而探索〈鍾敖〉型的「鄉土文學」在這些重要方面的可能成就——非常抱歉，由於「鄉土文學」的風格太易把握，太易予人一種「可以信筆揮灑」的幻覺，因此適如其語言之往往出諸雜揉，其人物與情節也就往往會來自某種「從心所欲的拼湊」，因此，它們往往不僅會失之粗糙，失之雜沓，甚至根本可能即是在現實生活中毫無搭挂的赤裸裸的捏造。

這裏才是我所感到的〈鍾敖〉的最大失敗：鍾敖這個在抗戰中已六十多歲的老頭子，民初四川督軍尹昌衡時代作過「衛隊」，亦即三十幾四十的鼎盛時期所作的自認為「很光榮」的事也只不過「衛隊」一名的這位主角，總該僅是個頂多略識之無的大老粗吧？（靜靜告訴你，抗戰前四川軍閥任用小同鄉的標準是：「識字的作參謀，不識字的作副官」！）而這樣一位大老粗在沙汀筆下，竟居然成了一個宛如深入非洲蠻荒去獻身服務的史懷惻博士型的英雄知識分子：這位老先生，不但是「打土匪遠近馳名，成績之佳更無可否認」的將才，不但是縫紝剪裁而外還「會石工、木工、鐵工，以及其他許多手藝；而且常能在工具上作風上自出心裁」的全能優秀技工，同時，不僅是懂得尤加利樹葉之各方面醫療作用的藥學內行，而且還是「努力推廣過好些品種優良的玉麥小麥」和「種（當地視為怪物的）番茄二十年了」的農業專家，兼能蕃殖荷蘭牛和用新方法養力康雞（按非常不易養）的牧業專家，而且，再兼「自備有橡皮手套等等，簡直像個專門產科醫生」、對於難產的接生成功率還非常之高的產科專家——這是三十年前在四川鄉僻地區的事，列位看官，問問你們今天正在香港的開農場或學醫的親友，世界上是否真能有這種事？

這樣一來，像鍾敖這種用沙汀的思想麵粉捏造成型的怪物，其在全文中毫無任何真實生動的音容笑貌！自是無足多怪的了——在此之外，全篇寫的是鍾敖，前面竟要用上三大段來寫作者自己幽居避禍的一大堆囉里囉嗦，像這類剪裁上的顯然的不講究，更已經是一毋需再說的了。

沙汀為甚麼要作這種粗製濫造的純捏造呢？非常簡單，只不過想罵罵「地主的殘酷剝削」、「鄉紳的反動」、「農民的頑固」（因此「中國必須革命」）而已——這是一篇「政治掛帥」的文藝作品，政治思想之只能毀滅文藝生命的一個典型例子。

然則，撇開〈鍾敖〉，撇開沙汀，究竟還有沒有真正優良的「鄉土文學」呢？有的，但它們正正便是「文學」而不僅是「鄉土文學」——真正描繪出了民初四川成都社會面貌的巴金的《家》，真正展示了美國南北戰爭前南部農莊風情的密契爾的《飄》（《亂世佳人》），才正是無「鄉土文學」之名而有「鄉土文學」之實的適切的好例。

刊《中流月刊》第四期，一九七一年五月十日

敘事文‧小說‧紙上戲劇——從〈遺腹子〉想到的

我經常奇怪為甚麼許多人都不了解「散文」與「小說」的區別。散文的目的在抒情，或曰「發感慨」；小說的目的則在述事，更好的說法是「傳奇」，亦即「說（動人的）故事」。散文中儘多述事之作，譬如一般所謂的「記敘文」，但這種文章如非僅為實用，而是確有資格稱為文藝作品的話，則其所述之事，即必然地悉屬抒情手段。因此，事件本身不妨凌亂錯落，但全篇情感卻必是渾一而不可分的；同樣地，小說中更儘多「哀感頑豔」的、使人「跟着它哭，也跟着它笑」的抒情內容，但如果這是真真正正的小說，則這些抒情筆墨，又必然地僅是小說家用以彫鏤其人物、琢磨其故事的各種意匠的刀斧，因此，小說創作的努力絕不在某些情感本身（譬如《水滸傳》絕非在寫宋江之奸或潘金蓮之淫，《紅樓夢》亦絕非在寫林黛玉之癡與賈寶玉之治），而在超越這些情感的某一完整故事之營造。散文與小說，目的互殊，手段各異，絕對不可混為一談，幾乎正如散文與詩之絕對不可混為一談一樣——我說「幾乎」，因為詩乃是「具有高度音樂性的精鍊的抒情文字」，詩與散文的距離（譬如詩之與賦），比諸小說之與散文，其實還要接近許多哩！

散文與小說之應予區分，乃是談文說藝的人大都可能注意到的，然而其間究竟應該如何區分，則似乎是許多「文藝理論家」都未必真正弄得清楚的。我記得抗戰前夏丏尊葉紹鈞二人合著的《文心》，便對「敘事文與小說」作過如次的分別：「小說是敘的『具有社會意義』的事」（大意）——這實在是一種足堪誤盡蒼生的強作解人之語，一種深帶左派文藝理論色彩的謬說，而且，如果把這裏的「社會」一詞改為「發掘心靈底層，揭示人生真象」之類字眼，則這又立刻便是今之「存在主義者」（按即「現代虛無主義者」）的文藝謬說，因此，「小說是具有重大意義的敘事」之類說法，正是天下滔滔，寖寖然早已習非成是的了。我在此不擬去正面駁斥這類謬說，不過我願特別提提我所了解的「小說」——怎麼樣的「敘事」方式，才可以稱為「小說」。

不知前人是否用過，我對「小說」有下面這一獨特形容：「紙上的戲劇」，一種完全毋需舞台演出即可獲致某一程度的完美戲劇效果的「精神戲劇」——首先，小說必有「角色」，必有一些神情生動、意態鮮明、宛然可觸可摸的人物；其次，小說必必有「場景」，必有一些烘托性格、推曳情節的「氣氛的加工」（譬如《紅樓夢》寫黛玉之死那一段——按：李健吾《咀華集》評巴金《愛情的三部曲》時，曾提及「〈霧〉的海濱缺乏如畫的景色」，即就此義立論，而巴金的辯詞「我不是在寫牧歌」，適足說明巴金在「小說的藝術自覺」上之尚隔一間）；再次，小說必有「表演」，必有各種繪影繪聲、活靈活現的「紙上動作」的經營，或者說，可能使人目奪神搖的，具象的情節浪潮之醞釀，翻騰，崩決，以迄於各種波瀾的迴盪乃至更壯更闊的開展；最後也最重要的，小說必有一個完整的故事，這還不夠，必有一個「精彩動人的故事」，易言之，小說必須的的確確真是某種（具備適度「真實感」的）「傳奇」，其「所敘之事」必須有類乎所謂「人海鈎奇」，在「鄰逼真實」之外，還得真正有其出眾拔俗的「奇」的成分，奇男奇女，奇境奇遇，奇事奇行，奇情奇態，至少至少，在安排穿插上總得有些「曲折離奇」的技巧處理，如是始能獲致或緊張刺激、或機智詼諧、或光怪陸離、或深沉壯偉的敘述效果。所謂「驚心動魄」「盪氣迴腸」之類「戲劇性的效果」，必須這樣，這才是小說，也已經便是小說（雖然尚未必即是偉大的小說），這是和甚麼「人生意義」「社會意義」通通不相干的——

就愛情的偉大（人生意義）而論，賈寶玉林黛玉不如梁山伯祝英台，梁祝不如王寶川，王不如梁鴻孟光，就「社會意義」論也大體如是（家庭阻撓不及戰亂隔絕，戰亂隔絕又不及「階級思想」的歧異）。然而，就「小說效果」而論，這一次序卻必須剛好顛倒過來，「小說之為小說」的本質究竟何在，即此一例，應已足窺見箇中消息了。

根據上述這一繁複的基本了解，我們可以開始觀察上文提到的這位葉紹鈞，審視一下這篇素有「佳作」之目的〈遺腹子〉。

〈遺腹子〉確是一篇佳作，一篇結構精巧、描繪簡潔、用語有力的上品文字，一篇把「重男輕女」的俗見詛咒得入木三分的精彩文字；它的這一抒情是通篇一氣貫注的，節奏鮮明，層次宛然，了無枝蔓或贅疣，它具有散文中極上乘的「渾成之美」；它的各種局部的刻劃（譬如妻子終於生下了兒子，丈夫「靠近嬰兒看」直到產婦「一隻手顫顫地伸出來」那一段）也極盡傳神之致，恰是散文抒情所需要的「局部形相」的上乘彫塑；它在這一抒情之外即惜墨如金，不再作任何其他的形容，從連生兩個女兒開始，到「這時候，頗有些人來為大小姐二小姐說親了」告終，這一造型設計也甚見散文式的跌宕之巧；它當然是一篇罕見的精彩作品——然而這篇東西，怎麼說也只是一篇散文，一篇只在表現詛咒的散文，一篇在用「無論夫妻如何恩愛，都抵不過無子這一缺憾」來表達其對「重男輕女」觀念之切齒痛恨的散文，（而完全不如葉氏自以為「具有社會意義」即算小說這一原來的預期），而根本不是一篇小說。

我希望這篇作品可以作為「敘事文不是小說」之適切的示例——這裏面的人物是除了「着急要生個男孩子」之外便毫無個性的紙上傀儡；這裏面沒有任何「形相化的鏡頭」；這裏面有「對話」（不牽涉任何人事發展，而完全等同心理描寫的，不算對話的對話）而無動作，有敘述而無表演；這裏面整個敘述的，是一件在中國舊社會中平凡透頂的「心事」，它根本便不是任何「故事」……總而言之，人無面目，境無色相，事無動態，篇無奇情，文字技巧再高，也無非一篇痛快淋漓的抒情小品而已。（請讀者恕我多說兩句，要是我有權去潤色本篇，則夫妻間本來的恩愛，生不出男孩子時的從看醫生找驗方到求神拜佛，面對親友嘲弄時的尷尬羞憤，丈夫要納妾時妻子的回娘家或找「老同學」哭訴，以至打罵眾女兒，以至夫妾之間的纏綿……等等具象的鏡頭，全是必須斟酌加上才比較能像「小說」的。）

最後再順提一筆，就散文論散文，本篇仍有一大瑕疵在：丈夫是「長袍馬褂」、相信「積德生男」的老古董，妻子是「母豬似地」生孩子的典型舊式女人，二人在「重男輕女」上的頑固之情（僅因無子，男的可以自殺，女的可以發瘋），即在舊社會中也是極少見的，然而男的出口則是「她融和我們兩個的血肉，她是我們兩個親手鑄成的寶貝」、「專吃米飯也會吃出腳氣病來的」，女的也懂得來上一句「我將一百分地疼愛她」云云，儼然二人又都是（在半個世紀前的中國內地）起碼大學畢業的高級知識分子了——全篇毫無奇情也毫無風趣，只有這一點卻正是奇怪與幽默兼而有之，想必列位看官也都會感到妙不可言的吧？

刊《中流月刊》第七期，一九七一年七月十日

從恨的煽動看醜的追求——巴金〈煤坑〉讀後

巴金是中國文壇數十年中有數的一個聲光烈烈的名字，非常遺憾，這也正是我自己甚不喜歡的一個名字——現在，重新展讀巴金的短篇小說〈煤坑〉（這是我在大約不到十五歲時便已讀過，而且當時便已感到極不喜歡的。），我想，我對巴金的令譽和我的不喜歡的由來，大概已足形成某種比較平實冷靜的了解了。

巴金這一名字之能聲光四播，歷數十年而不衰，當然不是沒有憑藉的：首先，巴金有他在抒情狀物上的傳神之巧，其次，更重要的，巴金本人的心理狀態幾乎正足代表當代青年知識分子的某些共通心理狀態，巴金心中燃燒着的那一團火，幾乎正正便是當代青年那種「苦悶——不滿一切——要打破一切——要在一切已有事物中找毛病，安罪名」式的普遍的無明（按：巴金這一名字，據說即取義自巴枯寧與克魯泡特金這兩位無政府主義大師，而巴金本人的核心思想，據他的一再自述，即是「我愛的是人類，我恨的是制度」，換句話說，在一種虛飄飄的「愛」的鼓舞下的、對周遭一切之切切實實的恨），於是，靠着這股子不滿周遭一切的怒火，再靠着他那支足使這股怒火撩起焚天光燄的生花妙筆，巴金自然成為一位「塑造時代情感」的巨匠，使千千萬萬知識青年都跟着他的筆，都抱着他的作品，去哭，去笑，去享受某種筋脈賁張的痛快——這是我們在巴金的代表作《家》以及此外自《愛情的三部曲》、《滅亡》之類長篇直到〈長生塔〉、〈海底夢〉之類小玩意中，觸處都可感到的共通的特色，這當然也是本文所談〈煤坑〉這一短篇的基本特色。

巴金作品的這一特色，使他的故事往往不像故事而像某種說教（我記得劉西渭即李健吾在《嘴華集》中評論巴金《愛情的三部曲》中某些情節上的瑕疵時，巴金的答覆即是：「你錯了！我寫的根本不是愛情！」），因此，換句話說，巴金的創作意圖實不在「小說藝術」而是在「社會煽動」，巴金的真正本領實不在「故事的經營」而是在「情緒的焙製」——這也正是我們在〈煤坑〉這一短篇中完全可以接觸到的。

〈煤坑〉的故事非常簡單，簡單到不成其為故事：一個「識字的」農村青年，投身煤坑作工，想要「發財」娶妻，第一天的八小時工作即已使他了解：這一工作不僅「暗無天日」，而且分分鐘都可能被活埋，這中間沒有黃金，沒有青春，沒有前途，沒有夢，所有的只是恐怖，恐怖，恐怖！——全篇內容的的確確便只有這麼一點點，雖然巴金用上了近一萬字。

一萬字實在不算少。在好些作家筆下，一萬字已足充分展示一片光怪陸離的人生，至少已足充分鋪陳一個簡潔完整的活生生的悲歡離合——譬如說（假定仍以〈煤坑〉作背景好了），一個有為青年如何逐步變成一個只知吃喝嫖賭的無賴，以至引發更多的倫常鉅變；或者，一對不共戴天的仇家如何在風雨同舟境況下逐步變成前嫌盡釋的好弟兄，以至完成了某一本不可能的奇蹟；或者，由增產、減產、罷工、復工這些玩意牽引出國家社會這些名堂；或者，由有關「活埋」的種種前因後果牽引出人生宇宙這些道理；等等種種想之不盡的情節，都是一萬字完全可以承載的。然而，在巴金〈煤坑〉之中，沒有任何情節，甚至沒有任何動作，所有的只是一個初入行者的「煤礦生涯八小時」，只是有關「煤礦真可惡呀！」這麼一套繪影繪聲的速寫。

巴金的這一速寫本身，當然堪稱跌宕生姿，文情並茂（或者說生猛猙獰，層層擠逼，直壓得人透不過氣來）：從剛下礦時「一個黑的吊籠關閉着他和另外四個人」「他的心開始猛烈地跳動起來」，到礦地的潮濕，支柱的脆弱，礦道的愈走愈狹，如入墓穴，如鑽狗竇，如擠進漫漫無涯的黑暗，「他的心漸漸不安寧了，也許還有點莫名的恐怖」，然後，看見的是「兩個黃黑的瘦面孔」「像兩個鬼魂」，然後是（聽說）「一枝香煙送掉了三十五條性命」，是活埋，炸死，燒死，悶死，「一百五十塊錢（按：這等於當日女傭三年以上的工資）一條命，賣得太賤了。不過這還算是局裏的厚道呢！」然後是推車的「樣子很費力」，是「那種好像在剮着人心的煤氣不斷地往他的鼻裏送，他的心上好像壓着一塊沈重的東西。他的心煩躁起來，他的頭也漸漸地加重了。這時候他想起了地面上的陽光和自由空氣，心裏愈覺得難受。」於是，「他媽的，誰高興幹這種工作！」「真正是拿性命來拚」「就是不要引火的東西，有時候煤氣也會自己爆發。」而他仍然要來，只因為「他不能夠在那被土匪與洪水蹂躪了的農村裏生活下去了。他就變賣了他僅有的東西，他的母親到城裏去給人家幫傭，自己隻身跑到煤山上來」，以求「發一筆財，再回到家鄉去和母親過些安閒日子，討一個順心的老婆。」然而「他所看見的只是這一條黑暗的矮巷子」，而且「局長追煤追得很厲害，限定每天要出六百噸」「局裏只想每天出煤越多越好，最好能夠出到一千噸煤，我們的死活他們是不管的。他媽的，只要你們肯出錢，我老張也就不愛惜這條命。」然後是「汗衫也被汗水濕透了」「老張正赤露着那瘦得見骨頭的上身」「我自己在這裏幹了兩年多，沒有存一個錢，一來我家裏人口多，二來我又常常生病。我是沒有別的辦法，我的身體不好。」然後又是活埋，「在這裏活埋的事是常常有的。我告訴你還有人情願活埋咧！……老婆可以去領一百五十塊錢的恤金」，於是自己點一枝煙，連不願活埋的也得一大批跟着陪葬。總而言之，「俗話說得好：挖煤挖煤，挖死在煤坑裏」「幾千工人到這裏來，結果只有幾個人存了一點錢回去。這存錢的希望太少了，倒是慘死的希望多一些。他這樣年青。還有他的給人家幫傭的母親。那可怕的死，不是血肉橫飛，就是活活悶死。」於是，「悲哀與恐怖佔據了他的頭腦」，而他得到的安慰乃是「我們這裏和那裏比起來真不算危險」，乃是上面的礦坑還要險上加險！如此這般，最後搖曳如魅影的那一行自然是：「沒有月亮，是一個暗的夜，天空中卻有許多星子在閃眼。」——如此這般，巴金自然充分獲得了他的「不是人幹的呀！」「萬惡的甚麼甚麼呀！」「真該打倒呀！」之類情緒煽動的效果。

這便是〈煤坑〉。這便是巴金的小說。這便是新文學運動以來形形色色聲華蓋世的文學家給我們精心創造的文藝。

坦白說，我一直非常奇怪，為甚麼像巴金或其他諸如此類作家的作品，居然有資格配被稱為「文藝」。

此類作品在「情緒炮製」上的效果，或者說，此類作品的抒情效果，當然是的而且確的；不過，足能達成此種效果的所謂技巧，其實正是卑不足道的小兒科，幾乎任何會耍筆桿的人全可以如法炮製；只要去挑一個比較「陰暗」的題材，再專揀其「陰暗」之點去寫，去具體地寫，四方八面地寫，一步緊過一步地寫，那就得了——再說得刻薄些，題材還不必定要陰暗的，任何再美再好的事物也必有其陰暗面，譬如：空中小姐的職業，漂泊無定如喪家之犬，卑微瑣屑、受氣忍辱如婢僕丫鬟，分分鐘可以粉身碎骨如棚工。在惡客的眼中色笑迎人甚至可以輕薄調侃如妓女；太空人的事業，不自由如坐監牢，危險如入地獄，「光榮」則又適如馬戲團中的狗熊猴子；再說，大富豪處處都是拘束，分分鐘都怕被綁票，仇家至多，一樣會破產，大總統處處更是拘束，分分鐘更可能被推翻或被謀害，仇家更多，一不對勁就更是欲為常人而不可得（所謂「華亭鶴唳」「上蔡蒼鷹」之悲）……總而言之，連太陽裏面都滿佈黑點，只要你肯耐心地一個個去挑去找就成了！

因此，我實在很難把這類東西真正看作文藝。

我所了解的藝術，是美的創造，是人類精神上的「賞心悅目」財富的增添，起碼起碼，也應該是美的加工，應該是人類無法不去面對的各種醜惡之盡可能的「美化」。因此，明明是秀楞楞的一堵牆，藝術（繪畫）使我們在上面掛出一片美好的田原或一角繽紛如夢的舞會，明明是臭不可當的屎坑污水溝垃圾堆，藝術（建築）使我們把它們通通化為白瑩瑩的磁磚水斗與光閃閃的渠槽管道；因此，明明是終年泥腳桿或滿身油污的農工，進城時也希望能有一套比較光鮮的穿着，明明是終生不離鋤頭斧頭的農工，看戲時也仍然希望能過一過「帝王將相」的癮，作一作「才子佳人」的夢——而巴金者流的所作所為，則不但是要寫農工的貧困辛勞，還要特意去凸出農工茅舍裏的滿地跳蚤，不但是不鋪暗渠，還要特意把污水引進大廳，不但是不掛畫，還要特意把牆上的批盪刮磨成斑剝破爛！我想，這只合算是心理變態者之「醜的追求」，這不是藝術，這不是文藝。

或者巴金之流會跳起來說：「我就是不要作夢，就是不要你那種風花雪月的美，我追求的是善——是改造人生，是改造社會！」那我會簡單答說：「勸世文」的作者追求的也是「善」，但那不是藝術；再說，真正藝術家（如托爾斯泰等）追求的善，也並非便是「暴露醜惡」；再說，真正暴露醜惡的藝術家（如莫泊桑等）所暴露的，也必須真正是醜惡，如〈項鍊〉、〈羊脂球〉等短篇中所掀揭出的那些真正必須咒詛的人性——而你們麼，大家即使把這個人類改造成了光明披體的「天人」，你們還是會去咒詛它那「天人五衰」之慘的！你們只是為追求醜惡而追求醜惡，只是志在挑毛病，如是而已。

真正的文藝，真正可以千古傳誦的文藝，從《詩經》、《楚辭》到陶謝李杜，從《伊里亞特》到《戰爭與和平》，從《哈姆雷特》到《浮士德》，通通是美，是善，是真，是人類之歌，生命之歌，宇宙之歌——這是和「追求醜惡」恰恰相反的！

刊《金色年代》，一九七一至一九七二年間

詩情理趣有無間——冰心〈超人〉讀後

冰心是在新文學運動中得名極早的女作家，大概也是在新文學運動中唯一獲享盛譽數十年而不衰的女作家。因此，冰心的得名，該不是由於某種因緣時會的倖致，或者說，不是僅僅因為她是在早期新文學運動中罕見的、從而特受珍視的女性拓荒者，而是因為她的確有她的錦心繡口，有她的一分炙桂裁霞的才氣——冰心的才氣，適如在她的成名作《寄小讀者》中所表現的，是在一種澄澈安詳筆致中自然透出的，一股沁人骨髓的女性的溫柔。換句話說，一些自然樸素的美的字句鉤勒出的一抹自然樸素的美的意境，一些自然樸素的美的人和事編織出的一片自然樸素的美的情操，這是一種上品的抒情之美，歷久彌新的淡雅清雋之美。這種美的成就，證明了冰心確是一位貨真價實的文章能手，說得再尅實些，散文的能手。

然而散文的能手卻未必便是小說能手。就我所知，冰心數十年來一直努力想去打破這一成就的範限，這一在散文領域中既無法變更已有風格又無法攀登更高境界的造詣上的局限，一直希望把自己由散文作家質變而為小說作家——冰心這種努力的成果，前期表現為甚多稱賞的〈超人〉，後期表現為抗戰勝利前夕以「男士」筆名發表的，同樣甚多稱賞的《關於女人》（好像曾一度列入香港中文會考篇目的〈我的學生〉，即是其中的一篇），但稱賞儘管稱賞，這些努力的所得，卻仍然是散文的而非小說的成就。

為甚麼像冰心這些對於人和事的描寫，仍然只能算是散文呢？因為，這些「人和事」雖不表現為「小說中的人和事」，它們絕不繪影繪聲，絕不活靈活現，絕非「小說型」那種客觀的動態的、玲瓏浮凸的「人事雕塑」，它們只不過是一些面目模糊、舉止生硬的紙上傀儡，為作者所籍以傾吐其如泣如訴（要不便慷慨激昂）之情的傳聲筒，或者，較精巧的籍以擴大作者抒情力度的揚聲器而已——它們通通是主觀的，靜態的，由某種鮮明的情感或情緒粗拙簡陋地捏造而成的，因此，它們所達成的藝術效果，當然也就只能是抒情的，或曰，「散文」的。

為甚麼志在寫作小說的冰心（這裏不妨再擴大些，加上我前此不久在《中流》

月刊上所評的，以〈遺腹子〉一篇為其代表的葉紹鈞等人）繞來轉去，始終跳不脫這一只合抒情的散文圈子呢？是否由於才分資質的限制？是否出諸功力火候的虧欠？

我想這些當然都有關係，但最明顯最主要的關鍵因素，恐還是冰心（和他同型作者們）念念不忘要用小說來說教——而且，所說之教，還正是透過藝術家那一對充滿情感色彩的大眼睛所見到的「大道理」。易言之，（容我坦白地說，）往往正便是某種浮泛淺薄的「情見」，某種幻為見解姿態的粗糙的情緒，種瓜得瓜，其結局之畢竟不離散文的抒情窠臼，自是事有必至的了。

這是我對冰心小說的基本見解。我願用冰心的名篇〈超人〉來說明這一見解。

〈超人〉原文約五千字，故事非常簡單：主角何彬是個極端冷僻的青年，除去上班和應酬房東外，完全拒絕一切人世交往，甚至連花草都不愛，唯一的生活內容便是隨便翻翻書；他是服膺尼采哲學的厭世者。然後，樓下一個十二歲的窮孩子摔壞了腿，沒錢醫治，徹夜的呻吟使何彬失眠了足足三個晚上，使他不斷想起母親、星星和花，原來的安靜生活完全打亂了；他只好送一大筆錢給孩子看病，想中斷這一干擾。孩子好了，找他道謝，他冷然拒絕；最後，他要調去別處，收拾行李時孩子總算找到機會幫了幫他，使他臨睡前終於仍趕不掉「深夜病人」和「慈愛的」之類的影像——又是深夜了，繁星歷亂，「目光仍舊充滿了愛」的母親終於來了，自己又回到搖籃時代了，「十幾年隱藏起來」的愛和眼淚，終於爆裂迸散了！——醒來，清香還在，孩子驚走，原來孩子偷偷給他擺上了一籃花，附上了一大篇感恩的話，特別捉到了「我的母親和先生母親（該）是好朋友」，於是，他放聲痛哭，在早晨離着滿籃的花，帶着滿臉的淚痕離去——不過一樣也留下了一張字，一大篇向孩子謝罪，認錯，重新肯定「愛和憐憫」，重新肯定母親、月光星星和花，重新肯定宇宙人生的悱惻纏綿的辭句。

像這樣一篇作品，其美妙動人愛自是宛然可觸的：

首先，我們不能不佩服冰心在行文遣事上那種簡勁遒鍊的功力。譬如一開始對主角的那兩段交代：

何彬是一個冷心腸的青年，從來沒有人看見他和人有甚麼來往。他住的那一座大樓上，同居的人很多，他卻都不理人家，也不和人家在一間食堂裏吃飯，偶然出入遇見了輕易也不招呼。郵差來的時候，許多青年喜歡跳躍着去接他們的信；何彬卻永遠得不着一封信。他除了每天局裏辦事，和同事說幾句公事上的話，以及房東程姥姥替他端飯的時候，也說幾句照例的應酬話，此外就不開口了。

「他不但和人沒有交際，凡帶一點生氣的東西，他都不愛；屋裏連一朵花，一根草，都沒有，冷陰陰的如同山洞一般。書架上卻堆滿了書。他從局裏低頭獨步的回來，關上門，摘下帽子，便坐在書桌旁邊，隨手拿起一本書來，無意識的看看，偶然覺得疲倦了，他站起來在屋裏走了幾轉，或是拉開簾幕望了一望，但不多一會兒，便又閉上了。

在這裏，諸如何彬的年歲籍貫，容貌衣着，住所環境，工作性質，乃至屋裏擺的究境是些甚麼書之類，一切雖非真正必要的交代，通通略掉，然而某些必要的具體的形容，如「跳躍着去接他們的信」「冷陰陰的如同山洞」「從局裏低頭獨步的回來」之類，卻又一點也不曾放過——像這種簡鍊而不枯乾的經濟手法，似乎是許多許多作家都根本無從辦到的。這是冰心作品的一大特色。

其次，我們更不能不佩服冰心在布置氣氛、醞釀情緒上那種輕攏慢撚、手揮目送的機巧。這裏不妨引錄文中慈母入夢那段來看看：

四面的白壁，一天的微光，屋角幾堆的黑影。時間一分一分的過去了。慈愛的母親，滿天的繁星，院子裏的花。不想了……煩悶……悶……黑影漫上屋頂去，甚麼都看不見了，時間一分一分的過去了。風大了，那壁廂放起光明，繁星歷亂的飛舞進來。星光中間，緩緩地走進一個白衣的婦人，右手撩着裙子，左手按着額前。走近了，清香隨將過來；漸漸的撫下身來看着，靜穆不動的看着，——目光裏充滿了愛。神經一時都麻木了！起來罷，不能，這是搖籃裏，呀！母親，——慈愛的母親。

母親呵！我要起來，在你的懷裏，你抱我起來坐在你的懷裏。母親呵！我們只是互相牽連，永遠不互遺棄。

漸漸的向後退了，目光仍舊充滿了愛，模糊了，星落如雨，橫飛着都聚到屋角的黑影上。……

「母親呵，別走，別走！……」

這是一整段足能引導讀者感情進入自然爆炸之境的絕妙的文字。這是一段接一段充滿心理實感的，剪裁得恰到好處的，情緒的意象對讀者心靈之巧妙的逗弄與強烈的擠壓。這是一系列千錘百鍊的美得酸楚的形象（類如「右手撩着裙子，左手按着額前」緩緩走進的母親等等）對讀者感情經絡之一針強過一針的精細的刺扎。像這種挑撥感覺、烹調情緒的本領，似乎也是許多許多作家都未必真正得心應手的。這是冰心作品的另外一大特色。

不過，除開上述兩大特色，冰心這篇名作可供我們低徊把賞的地方彷彿就不太多了——上述特色足使這篇作品成為上乘的散文，然而這些難能可貴的特色，卻完全無力彌補作為「小說」的本文的漏洞。

首先，主角何彬在情致上儘有實感，但在故事意味上卻絕非一個真實可觸的人物。何彬的怪是無根的，不可解的，缺乏説服力的，因此這無異告訴讀者，整個故事乾乾脆脆便是一篇不近人情（因此大家大可不必認真）的揑造，從而自然等如一切抒情效果之徹底的自我推翻——任何人的任何怪誕，必有其實在的原因，必有其在現實生活中自然形成的確定過程，適如魯迅不會無端端便説阿Q喜歡自摑耳光一樣，而這僅僅尼采甚麼的「哲學」乃是絕對不夠的。同樣地，這一怪誕之終於解凍，仍然需要某些有力的伏線與某種繁複發展的歷程，僅僅一個夢，一籃花，一段簡單的話，仍是絕對不夠的；再説，一個人儘可冷酷無情，儘可遺世獨立，但他卻絕不可能毫無追求，毫無享受，毫無「工作」以外的生活，那怕苦行僧也得有他的「法悦」與「精進」，那怕毛姆筆下那個真正割棄世情的「餐霞者」（The Lily-Eater）也得有他賞月游水的逍遙與克制情慾的努力，在這裏，僅僅隨便翻翻閒書又是絕對不夠的；凡此種種的毫無交代，即説，這篇「小説」別説血肉，根本就連骨架都還沒有。

其次，用小説來説教非不可以，但這裏的區別是：上焉者，用通體格局氣象來説，説得未使人渾然入化，如托爾斯泰的人道主義；中焉者，用故事情節本身來説，説得未宛然入情入理，如巴金之類的「反封建」；至於像冰心這種任意揑造一兩個人物來直接「發表演講」，那實在太像抗戰時期的某些街頭宣傳劇，未免下乘而又下乘之至了——何況，這裏所說之教，頂多還只能算「庸言之信，庸行之謹」，在哲學思想上還根本不成氣候哩！

在此之外，〈超人〉的可供挑剔之處還很多，如窮孩子的信完全像是「小資產階級散文家」的手筆，窮孩子用「獻花」來道謝更無異明星大亨者流的作風（我記得台北一個賣麻餅的苦學生對胡適之先生的感謝表現，便正是也只是一籃麻餅），以至尼采哲學和「冷酷無情」根本便風馬牛不相及，等等種種，我想都可不必再提了——我的興趣本在欣賞，不能不作的挑剔顯然已經太多了。

刊《金色年代》，一九七一至一九七二年間

現代英國人的「現代」解剖——〈珍珠米〉讀後

蕭乾先生在我印象之中，今日應該才不過五十五、六歲（我說「才不過」，因為這正是今日人類健康壽命標準下的「壯年時期」，連「中年」都還說不上），如果讀者能容許我放肆一下，我必須再說：蕭乾先生在我印象之中，其真正成熟的創作生命，事實上還根本不曾開始——我熱切地盼望，在三五年之後，在頂多三五個三五年之後，換句話說，在中國時局那種必將到來的「一夜春風，川原解凍」之後，我們可以立即看到蕭乾真正圓熟的創作生命的開始。

這是我的非常誠懇的看法，我希望這裏面絕無任何對於蕭乾先生的不敬。

抗戰爆發以前即已成名的作家之曾為我所親睹者，委實不多，而蕭乾先生則正是此中予我極深印象的一位——那是二十三四年前，蕭乾先生自上海赴北平過訪北京大學時，我以學生身分，在業師沈從文先生的叫喚下，對於文壇前輩的僅僅一次趨謁，連真正的攀談都不夠的；不過，由於這次謁見，更由於此後我曾在蕭乾先生主編的綜合雜誌《新路》上用學名發表過我的第一篇小說，我相信我對蕭乾先生的敬意與親切感，應該絕不遜於他的任何晚輩。因此，我深信大可對這位溫厚謙抑的前輩作家坦率陳辭，我深信他也必正如那位較他年長的至友沈從文先生一般，必不以此為忤。

蕭乾先生的創作生涯，似乎一直便與當年譽滿全國的《大公報》（名報人張季鸞、胡政之、王芸生諸先生主持的那份《大公報》）不能分開。蕭乾先生剛剛從北平的燕京大學畢業便進入天津《大公報》，很快便以短篇小說集《籬下集》和文藝短論《廢郵存底》的作者見知於世——後者他與沈從文先生合著的、流行至今不衰的精警論文，前者則是當日國內文藝批評泰斗劉西渭（李健吾）在《咀華集》中極口讚譽的精芒熠熠的佳作。然後，很快便是抗戰，蕭乾先生以《大公報》駐歐特派員的身分，一面留學英國，一面開始了他同樣為世所重的報導文學寫作（我的印象特深的，是他那篇關於在紐倫堡審判納粹戰犯的報導）。待到抗戰勝利，蕭乾先生回到上海，成為上海《大公報》的高級人員，準備再事創作，重新開始他的文藝生命了——這好像也只是剛剛冒了一個頭。因為，很快很快，上海便「解放」了。

這委實不能不説是蕭乾先生整個創作生命中接近致命的一擊，因為他實在還不曾真正開始他的創作。

迄今為止，蕭乾先生留給我們的還僅只是「才氣」，一分變幻多彩，輝煌眩目的才氣，而不是這分才氣理應凝成的真正甸甸實實的果實——《籬下集》和〈栗子〉之類，盡是一些潑剌跳脱的短篇，用繽紛的文學和詭奇的意象來織成的短筆。然而（譬如其中的〈路〉），除了能把都市夜生活比喻成酒後舞客，想伸出一支臂胳來「試探一下窗外微涼的夜空」，而伸向郊外的那條路便「正是這支臂胳」（大意）諸如此類的機巧而外，似乎即不再有其他的分量；《廢郵存底》中〈答辭〉的那些篇章，盡是一些短小精悍的論文，但也可説盡是一些短小精悍的散兵游勇；〈南德的暮秋〉之類報導文字，多是極靈極靈的報導文字，然而報導文字的藝術性畢竟是充滿局限的；這些之外，我所讀過的蕭乾先生唯一那部長篇小説《夢之谷》（以粵東為背景，以社會重重壓力下的師生戀愛為題材的一部相當俗氣的小説），文字美，畫面美，情調美，卻就是在人物情節這些大綱大目上很難看出有甚麼美。換言之，一部數十萬言的臃腫的「散文」其為失敗之作，更是連蕭乾先生本人此後都不大肯提及的了——這些完全無可厚非，這些東西全是蕭乾先生三十歲之前的作品，全應視作「少年不識愁滋味」時代的形形色色的習作。然而，到他三十剛過的應該大有為之年，到他已長期留歐，深深浸漬歐洲文化之後的學成歸來之日，他也和我們大家一樣，忽遭天地異變，使他不能不凍結他的真正創作的生命直到今天，這則是他本人和我們大家都只能付之無可奈何的了。

因此，我非常抱歉，我竭誠希望探索蕭乾先生集中的寶藏，但我的探索所得，卻仍只能是他的那股非凡的才氣——他在大陸中國，曾有一篇對共黨八股語言極盡挖苦能事的〈上人回家〉（描寫的是一個滿口不離「在甚麼『觀點、立場、標準』上」的幹部），可以作為他的才氣之辛辣表現示範的。不過，涉及現實政治的辛辣，對於此時此地我們大家的胃口容未盡合；為求品賞他的才氣，特別是他的才氣在過去多次逆湧中並不多見的那股辛辣的機智，我願在此推薦他留英歸來後描寫留英生活片斷的另一諷刺短篇，〈珍珠米〉。

〈珍珠米〉大概正是此時此地許多青年讀者都可能極饒興味的一個短篇，因為這正是一個把今之所謂「現代主義」技巧運用得入木三分的特異的短篇——坦白說，我對「現代主義」文藝是素乏好感的，我一直認為這是文藝範圍中的一條僻徑，小道，甚至是邪路，不過我的這種態度，卻完全不礙我對〈珍珠米〉這一短篇的激賞。

大致說來，在我了解之中，所謂「現代主義」的創作，不外是從一種特別主觀的窗口去看世界，把世界先作純主觀的雜亂割裂，再作純主觀的零落拼湊，以求在堆垛補綴中自然塑造出一種最能滿足主觀意識某種窘困煩躁情緒的，宛然「精神迷幻藥」式的意象遊戲——這種遊戲，對許多主題而言恐怕都屬無謂，但我認為它的確非常適合表現一種主題，用普通的話來說，我認為它非常適合表現某些比較精巧的「發牢騷」的衝動。

〈珍珠米〉便是蕭乾對於今之英國人的一段又一段的厭煩不耐，一段接一段的絮絮叨叨的牢騷——英國女房東的囉嗦小氣，英國火車人員的粗鄙暴躁，英國一般人（一般火車乘客）的傖俗可憎，英國「大學城」內旅館老闆的狐疑冷漠，以至最凸出的，英國青年（那個絕無半絲青春氣息的二十不到的少女）的自大、無知、庸俗、與放蕩，換言之，與一般對「英國人」印象剛好相反的，一大群絕對無教養、絕對不好客、絕對沒有任何「紳士」風度的活生生的英國人的形相……這正是最適合用今之割裂拼湊即嘮嘮叨叨式的「現代主義」手法法來表現的——而且，這裏還得附註一筆，蕭乾畢竟是蕭乾，蕭乾的割裂絕非破裂，蕭乾的拼湊絕非胡湊，任何看似孤零搖落的段落，在前前後後都仍有各種宛然通接的脈絡可尋，因而〈珍珠米〉也畢竟仍是一顆渾圓無瑕的珍珠米，這是和今之許多前言不對後語的「現代」作品，都絕對不可同日而語的了。

刊《金色年代》，一九七一至一九七二年間

在小說藝術的重重光影下——許地山〈春桃〉讀後

許地山的「親切」與當代中國的偏激

許地山先生是香港大學中文系的創始人，因此，在新文藝作家群中，許地山應是一個對香港知識分子特具親切的名字——其實，許地山這一名字予人的親切之感，並不僅限香港一地，他在早期用「落華生」筆名所寫的那些清雋溫婉的散文，和他在後期收入《空山靈雨》一書中的那些雍容瀟灑的篇章，「親切」可說正是他一貫的風格特色；他的那篇成名作，那篇即以「落華生」筆名發表的〈落花生〉，極口稱讚「落花生」亦即花生諸種外觀樸實平易，滋養萬分豐富之德的，顯然正是許地山先生對其自我人格風範的一篇夫子自道；這一人格風範，透過「風格即是人格」這一無可矯飾的創作原則，自然會沁徹他前前後後的每一篇作品，使他的作品通通煥發一種溫其如玉的神采，或曰，一種藹然可親的君子的光采。我想，許先生的許多讀者，恐怕正是因了這一光彩的吸引才成為他的讀者的。

不過，我又同時想到，許地山這一名字之未能成為當日中國文壇上的響噹噹的名字，說不定也正與此一英華內斂的親切的「落花生風格」有關——在我們這個「現代中國」，在我們這一民國革命後足足經歷了整個甲子的「大時代」中，我們的社會顯然是個偏嗜激情乃至鄰近歇斯底里的變態的社會，我們絕大多數人需要的是魯迅的尖刻，巴金的狂熱，茅盾（和其他許許多多同型作家）的煽感，要不，便是徐志摩的奔放，郁達夫的浪漫，郭沫若者流的妖艷，再要不，我們便可能已是滿不在乎的「明達之士」，或者，已是「激情疲乏」之餘的垂頭喪氣者，我們這時需要的便是冰心的溫柔，朱自清的敦厚，林語堂的風趣，以至老舍的油嘴滑舌，以至周作人式的油腔滑調……總而言之，我們需要的如非辣椒，即是薄荷，如非薄荷，即是甜品，我們根本不需要「落花生」，根本不需要並不刺激舌頭但卻真正有益脾胃的健康食物——一切歌頌人性中那種中和節制之美的作家，類如《西瀅閒話》作者的陳西瀅，《雅舍小品》作者的梁實秋，《談修養》作者的（後期的）朱光潛等等，幾乎全不走運，僅有的例外恐怕只剩業師沈從文先生一位（而他因此當然仍得飽嘗不喜歡他的人的攻訐）。在這裏，許地山先生顯然並非例外，因此，許先生也顯然並不真正走運，雖然他實在堪稱一位一直在努力也一直在進步的自覺的藝術家。這便是我在讀完許地山先生那篇近一萬七千字的小說〈春桃〉後的基本感想。

似繁實簡的「春桃傳奇」

〈春桃〉的故事情節看似複雜，其實主線相當簡單：女主角春桃是個東北鄉下財主的漂亮女兒，父親把她許給了家裏一個長工（為的是這長工槍法好，可能去當兵，最好收為女婿留下防匪）。出閣那天，村子裏來了軍隊，要拉夫挖戰壕，於是全村一起棄村逃亡；一天一夜之後，又碰着騎匪，不見了十幾個人，包括這位新丈夫在內；女的再隨眾西逃，路上遇見一位也是在逃兵災的高小畢業生，同走了幾百里路才分手；女的到了北京，先在洋人家當「阿媽」，為了討厭洋人的洋騷臭，辭工不幹，幾經轉折，最後選擇了檢爛字紙這一行。又因「發達」租屋，邂逅了路上那個男的，男的正沒事做，於是成了女的幫手，而且，也成了女的「同居」，但女的一直不肯正式嫁他；如是數年，女的居然又在街上遇見了原來那個丈夫，那個當時被騎匪擄去，再殺匪投軍，再因槍法太好反被長官革除，再當義勇軍打日本鬼，再在退入關內後一次放哨駁火中傷了雙腿，再因醫療延誤以至雙腿全被鋸掉的，一個殘廢而且業已淪為乞丐的「丈夫」——到此為止，整個故事的內容是夠曲折也夠結實的。但在〈春桃〉的實際表現裏中，這一大堆故事幾乎全無正面描寫，僅以「間接敘述」筆法簡略寫出（簡略到幾乎就像我這裏的這種壓縮式介紹），因此，這些豐富多彩的情節，看似使人眼花繚亂，究其實，全不外正文之前某些用以牽曳下文主線的鋪陳，或曰，正戲出台前某種累贅的「過場」而已。

因此，〈春桃〉故事的主線，〈春桃〉作者真正在用具體描寫來表現小說的血肉，其實只是下面這一點點：女主角一見殘廢丈夫，立刻雇車接他回家，既不忍拋掉丈夫，也不肯捨棄本來那位「同居」，只希望大家小灶同食，大炕同眠，兩男一女共建一個洽「婚姻、愛情、事業」於一爐的「三接合」；這辦法當然有點（起碼在那時的中國社會觀念中顯然極其）想入非非，於是幾天之後，兩個男的都覺得不是味道，都要「讓賢」，女的始終堅持這一「三位一體」方式；然後，「同居」出走，「丈夫」上吊，上吊的救醒了，出走的喪魂落魄一兩天後又終於回來了；最後是兩個男的議妥：丈夫曰：在北京，「他是戶主，我是同居」；另一位曰：「若是回到鄉下，他是戶主，我是同居，你是咱們（兩個）的媳婦」，至是，「三接合」的理論建設終於完成，終於「大炕團圓」了——這是一篇頗有巧思的，觸處都可感到作者彫琢努力的，可能是作者逝世前不久（因為文中寫到了故宮文物的南運，即抗戰前，）完成的，（在刻劃表現上）技巧已臻某種圓熟境地的傳奇性小說。

〈春桃〉之美所示的「小說藝術自覺」的逐層展開

我這裏的「技巧已臻某種圓熟境地」，當為是一句有保留的讚美，但我得說，類似〈春桃〉這種技巧成就，也就得算甚足供人賞心悅目的了：

首先，我們必須佩服作者在文字功夫上那種澄澈無滓、乾手淨腳、使人眼睛絲毫不起疙瘩的明快處理（我必須要求我的讀者在這一點上對我寄予同情，既是「文藝」，就必須「以文載藝」，文字不好，則一切無從談起），例如開篇第二段對整個故事場景的那一介紹（我把原文中極多的「底」字通通改為習用的「的」字，以避無謂的生澀感）：

「進門是個小院，婦人住的是塌剩下的兩間廂房。院子一大部分是瓦礫。在她門前種着一棚黃瓜，幾行玉米。窗下還有十幾棵晚香玉。幾根朽壞的樑木橫在瓜棚底下，大概是她家最高貴的坐處。一到門前，屋裏出來一個男子，忙幫着她卸下背上的重負。」

短短百字出頭，北平殘破院落的風情即已歷歷在目，而女主角之貧賤不失嬌貴（在大部分是瓦礫的地方，除了種瓜種糧，還要種上「十幾棵晚香玉」），以至同居男子對女主角的慇懃體貼，亦隨即躍然紙上，這種（文字處理上的）經濟表現是極足珍貴的。

其次，在小說藝術上，我們也幾乎可以處處感到作者那片刻意經營的匠心：

一、故事裏的三個人物，由頭至尾，通貫全篇，全有其神情活現的真實統一的性格（不像其他許多作家的人物之僅屬「紙上的揑造」或僅僅「局部有實感」），例如春桃的每句話（簡單的話）都是有道理、有主見、絕不刁蠻然而絕對倔強的；又如劉向高（同居男子）在與春桃同居好幾年後，普通晚上乘涼時還要摘花給她戴（而春桃則「聞一聞」卻不肯戴）的這種痴迷入骨，以及在廢紙價值分類辨認上之「小學畢業」程度的鮮活如畫；再如李茂（丈夫）雖已是殘廢叫化子但一聽妻子不肯認他作全權丈夫時「掏掏他的腰帶，好像要拿甚麼東西出來」那種（習慣掏槍拼命的）

丘八精神的細膩彫鏤；等等好例可說俯拾皆是；這是〈春桃〉作者在人物造型上，在人物之「神情、動作、對白皆應有其（與故事有關的）真實生命」這一藝術自覺上的圓熟表現。

二、通篇故事的發展設計，處處透露出一種典型的「傳奇藝術」的功力，故事的背景亦即故事人物的出身、性格與遭遇，全是那時候的中國小百姓普通的乃至典型的出身、性格與遭遇。然而，透過作者的某些「佈局之巧」，透過人物與人物間之絕對自然的，自心理以迄行為的交互影響與客觀發展（把兩男一女自然而然地弄到一間屋子裏和一個生活基據上來，女的主意，丈夫的怒憤，同居者的沮喪，以至男的由對峙而談判而只好想着犧牲自己這一方，再經女的不肯，而至或上吊或出走，而至死不了也走不開，最後在不僅僅感情糾纏一團，而且「全盤生意」也實在同時需要這三個人，連利害也混為一體的情況下，自然逼出一個奇異的，「來自人情而又似乎完全出乎人情」的結局）；這是〈春桃〉作者在故事造型上，在故事情節之必須「自平凡中見機巧，自真實中出詭奇」這一藝術自覺上的圓熟表現。

三、通篇故事的場景，是一個不僅真實可觸而且通體渾成，而且本身也展示某種透剔玲瓏之美的圓滿的場景（不像其他許多作家的場景之僅屬空中樓閣乃至凌亂不堪），故事的每一細節全是抗戰前夕北平的真實鏡頭，故事的每句對白全是真實的「京白」（比老舍那些浮滑語句更要真實得多的京白，如故宮清出的大批「廢紙」「都教他們送到曉市賣到鄉下包落花生去了！」之類），整個北平的風情躍然紙上，通貫全篇，因而自然透出一股淳樸典雅的溫暖，構成了一種切合故事所需情調的場景之美；這是〈春桃〉作者在故事佈景上，在故事場景「對故事意韻應有其強烈渲染作用」這一藝術自覺上的圓熟表現。

關於「動作構圖」的有機化及其織錦盤珠的努力

四、通篇故事的「動作構圖」，是一個前呼後應、首尾圓貫、格局渾成、脈絡綿密的有機的構圖——這方面的技巧，對小說藝術而言委實萬分重要，而〈春桃〉所用手法也委實精巧多端，這可說即是前面諸種技巧的高度綜合的運用，因此我願在此特別提出，作一較詳的解釋：

〈春桃〉故事剛一開場，便是「十幾棵晚香玉」下的一個「有滿口雪白的牙齒」的拾爛字紙婦人，一個慇懃服侍的，說「媳婦，今兒回來晚了。」的男子，與婦人的「甚麼意思？你想媳婦想瘋啦？別叫我媳婦，我說。」；然後是男子的要她答應一聲媳婦，「明天到天橋給你買一頂好帽子去。你不說帽子該換了麼？」與婦人的依舊「我不愛聽。」；然後是男子的拿出準備好的龍鳳帖（婚書）要婦人接受「媳婦」身分，婦人則接過來搓成長條扔進火爐裏，男的只好說到她仍忘不了昔年那個丈夫，而婦人則答說：「我想他？分散了四五年沒信，可不是白想？」在此，一切應有心理佈局的鉤勒，通通都照顧到了；然後，乘涼摘花要替婦人戴，這之後便是「神武門甩出來的廢紙」，便是「不鬧兵，便鬧賊，不鬧賊，便鬧日本」，立刻逼向因「先鬧兵再鬧賊」失散了的丈夫，在當時又「鬧日本」的情況下終於也流浪到了北平的這一發展；然是二人就寢，「向高跟着她進屋裏。窗戶下橫着土炕，夠兩三人睡的，在微細的燈光底下，隱約看見牆上一邊貼着八仙打（麻）雀的諧畫，一邊是煙公司『還是他好』的廣告畫。春桃的模樣……與『還是他好』裏那摩登女差不上下。因此，向高常對春桃說貼的是她的小照。」就這麼幾筆，「三人同炕」「八仙打雀」之諧，與男的最終流蕩街頭，終因到處都是「還是他好」而終於歸來「成局」的這一結局，便既然呼之欲出了。

前面鑼鼓業經三催，至是登場的正戲是：春桃把殘廢丈夫帶回家，展開尷尬場面，「好幾天光陰都在靜默中度過」，終於丈夫要搬出屋睡了，桌上放着「你歸劉大哥」的紅帖，而女的立刻把帖子撕個粉碎；然後，丈夫「從腰間拿出一張已經變成暗褐色的紅紙帖，交給春桃」，那是丈夫和她剛要拜堂便得逃兵亂時「從神龕上取下來，揣在懷裏」的那張龍鳳帖（請注意：這是丈夫「逃出來時，偏忘了帶着地契」卻沒忘掉這張紙，而且連年轉戰，雖淪為叫化子而仍然貼身藏着的寶貝東西），春桃則仍然執意要丈夫保留這張帖子（放回同睡的「炕上」），不肯和丈夫分手，以迄出去追尋另一個男人再回來時，發現這帖子也被丈夫親手燒成灰燼，丈夫已經上吊了；最後最後，救回丈夫，再找同居，歸家時迎接她的又是赫然兩個男人，和「新貼上的戶口照，寫的戶主劉向高妻劉氏」是「你是咱們的媳婦」，是「我特意到天橋去給你帶了一頂八成新的帽子來。你瞧瞧！」，於是，「院子都靜了，只剩下晚香玉的香還在空氣中遊蕩，屋裏微微地可以聽見『媳婦』和『我不愛聽，我不是你的媳婦』等對答。」

這便是達成〈春桃〉情節之通篇凝合的重重織錦功夫：不僅三個真實的心靈貫串全篇，不僅一片抗戰前夕的真實時局和一座真實的北京城貫串全篇，而且還有一張接一張被毀掉的龍鳳帖，一聲又一聲被否認的「媳婦」的呼喚，一頂從天橋買來的八成新帽子和一院子的晚香玉芬芳一起在那裏貫串全篇。重重貫串之中，似乎每一細節甚至每一畫面都在那裏鋪橋樑，造氣氛，都有為下文穿針引線、營造感通的有機作用，這更是作者在小說（基始意義的）結構造型上，在全部場景、人物、動作、對白之必須「共冶一爐、融為整體，使之息息相關，絲絲入扣」這一藝術自覺上的難能可貴的圓熟表現。

關於〈春桃〉的靈魂之美——從「中國生活方式」到「人性」的頌讚

最後，除去文字功力與小說藝術技巧而外，我自己特別稱賞的（我認為這也正是作者許地山先生之反而不受當代歡迎的），仍是本文一開始即已標出的那一「親切」的成就，或者說，那一充滿溫暖，充滿善良，充滿生命力與對生命之愛的「人性頌歌」（按即「中國生活方式頌歌」）的成就——在抗戰前夕這一苦難時代中，在當日北平這一苦難地區中，在拾爛字紙為生的貧民甚至雙腿皆失的叫化這一苦難階層中，在「造化弄人」的這一苦難因緣遇合中，竟然沒有怨天尤人，沒有呼爺喊娘，沒有咒詛這，打倒那，有的只是認認真真的、快快樂樂的、蓬蓬勃勃的「湊合過日子」再進求「發展事業」式的，一種百分之百剛毅堅貞，而又安分自守的生活態度。

不怕貧苦但盡可能仍要使居處「高雅」，不怕骯髒但盡可能仍要使周身「體面」（女主角「無論冬夏，每天回家，總得淨身洗臉」），不怕沒知識但盡可能仍要使自己就生活實踐中累積「學問」（辨認字紙價值的各種學習），不怕違反「周圍的人都這麼說」但盡可能仍要使自己真正保持善良，真正保持「心安理得」這一最高的道德操守，像這樣的〈春桃〉裏面的人，才是正常的地道的中國人（具真正「中國操守」的人），也才是真正的偉大的「人」——至少至少，比起那些屈服在「自己周圍的人都這麼說」之下的芸芸懦夫，亦即今之所謂「叛逆青年」來，〈春桃〉裏面的角色委實是偉大得多、勇敢得多、因此當然也可愛可親得多了！

〈春桃〉才配稱為真正的「寫實主義」之作。〈春桃〉才是真正給人間增添美而非給人間捏造醜的「美的創造」。這是我對〈春桃〉或者說許地山先生的最高禮讚——我深信我能體會許地山先生創作時心靈脈搏的真正的跳動。

結語——從「小說本質」看〈春桃〉的瑕疵

似乎可以完結了，不過，我知道我在寫文藝批評，我必須忠於我的批評，因此我在最後，仍不能不累贅地指出：〈春桃〉是一件藝術精品，是一塊我們可以珍同拱璧的文章瑰寶，然而，因了本來玉塊質地之不純，在這一拱璧上面，的的確確仍有其無可掩飾的瑕疵在。

這正是我對〈春桃〉一讀再讀後，始終覺得若有所失的緣由所在：〈春桃〉缺乏了作為小說之血肉的「紙上戲劇」的質素，〈春桃〉的表現再精再美，仍然不脫它骨子裏先天帶來的那股散文的色彩。

刊《金色年代》，一九七一至一九七二年間

天孫雲錦不容針

前識——關於徐訏先生對我的親交與文交

徐訏先生是我的前輩學長，忘年畏友，也是我少即傾慕的一位文藝名家。

徐訏（伯宇）先生與我先後皆在北京大學哲學系就讀，後來的往還主要也在旅港北大同學會聚會場合之中；徐先生後期力作《江湖行》第二部在友聯出版社《祖國周刊》連載時期，也正是我濫竽友聯總編輯時期——非常遺憾，《江湖行》此後之不能在《祖國》續刊，由於《祖國》社長胡欣平亦即司馬長風兄堅決主張要挪出篇幅來另登其他作家作品，雖經我力爭而仍無法挽回；記得徐先生某次曾仿魯迅調侃創造社諸人的話，說是「友聯的人後來再好，在友聯時也都有股友聯味」，並再指着我說「你也不例外」，不知是否主要即就此事而言，可惜我一直無機會向徐先生提及這段舊事，補行向他致歉。其後，徐先生在我入浸會書院傳理系任教一年後也入浸會，次年即接任浸會中文系主任，對我的不得不離去力求挽回而卒不果（按此與我當時力挽《江湖行》腰斬而不得，冥冥中似有某種契合）；但再次年即已能特命女公子尹白小姐巴巴地找來我家，把離開浸會一年的我立刻叫回中文系去再度任教，此後迄至七七年我自辭教職為止，對我照拂尤多，這些都是我迄今銘感，確有許許多多往事足憶的；因此，雖説可能由於徐先生那種落寞的個性，始終與我缺乏深交，對我的種種似乎也一直並無真正了解，不過徐先生之為我的前輩學長與忘年畏友，仍是應該了無疑義；再説，徐先生曾不止一次説我「天真」，記得當代學人唐君毅氏去世後，徐先生在一篇悼文中亦嘗指這位學人為「天真」，是以徐先生之對我仍有某種親切與謬重，比例以推似亦容可想像，然則我在徐先生逝世後，寫上一篇純粹出諸感情的文字來悼念他，本也是非常自然的。

不過我不想這樣作。徐先生譽滿天下，交遍海內，感情方面的悼念文字似乎還輪不到由我來執筆。我想：徐先生著作等身，以文藝為生命，他最重視的應該不是對他這個人的交情而是對他的作品的交情，他最感快慰的應該不是對他的人的了解而是對他的作品的了解——那怕這是瑕瑜兼見的認真了解，正如他在原版《懷璧集》（按其後未收）中為聶華苓女士小説集作序時所表現的那樣。既然我在還是中學生時，便已對他的《鬼戀》、《荒謬的英法海峽》、《精神病患者的悲歌》、《吉布賽的誘惑》、《海外的鱗爪》、《成人的童話》等等作品着過迷，後來又認真讀過了他的好些部創作與論述，然則我以一個垂四十年的心儀者的身分，從文藝觀點來表達一下我對這位罕見的天才作家的虔誠，或者對我才最適合。

因此，我想好好寫出一篇對於徐訏作品的真正評論文字。

我不可能從事泛覽徐訏全集的總評，最初只想評論他的小說，因為小說正是他最主要的創作。但即就小說而論，徐訏的作品也委實太多。於是，我想再尅就最能代表他的前期成就的《風蕭蕭》，與最能代表他的後期成就的《江湖行》，以及他最晚期的另闢蹊徑的力作《悲慘的世紀》三部大書來從事評價。然而，在我剛一動手爬梳《江湖行》不久，我就發現三書齊評一事，無論在篇幅上還是在我今日精力上，都是絕不可能的了——僅僅對《江湖行》一書的評介，已是必須付出龐大字數與莫大心血的了。

這樣，我最後決定了僅去評介《江湖行》這一部著作。我相信這是一個勉可滿意的抉擇，因為《江湖行》確是徐訏畢生作品中的最大心力所寄——徐訏作品幾乎盡是一二百頁的小冊，待到《風蕭蕭》與《悲慘的世紀》，篇幅始見放開，但也僅各四十五萬字與十八萬字而已；因此，只有分為四部的《江湖行》，才是多達近六十萬字的鉅著，而且正是徐訏其他任何作品皆所未見的，前後花了五年以上時間的力作，再說，就我所見，也正是徐訏傾其畢生學問、經歷與見識寫成的，希望其為足以反映現代中國全貌的史詩型偉大著作，這應該是確有資格稱為徐訏代表作的。

是為本文的緣起。

一、《江湖行》大要

（一）主角、場景、故事

《江湖行》的第一主角，是個以第一人稱形象出現的農村青年野壯子，後來正式讀書才取上學名叫做周也壯的。「野壯子」這一命名，大概由於此人性格躁鬱不安，桀驁難馴，而又有極健壯的體力與極頑強的原始生命力，應是特別用來點示其既「野」且「壯」的；除「野」除「壯」而外，此人能以農村文盲身分，補習數年便考進了大學，其後且成著名作家，此外在跑江湖生涯中亦幾乎能逐處皆通，百事順遂，足証其為聰明過人，而更重要的，此人從十幾歲到大約三十幾歲約莫二十年歲月中，幾乎每次遇上一個美人都會備蒙此美的青睞，不少且屬一見鍾情之列，再加上後來別人說他的「是個極好的情人」等等，足徵此人當為有數的英俊倜儻人物——作者對這個作為第一主角的「我」從無正面刻劃，甚至除「好情人」一點外，也從未引錄他人的正面評論，一切完全付諸行事表現，但上面這些予人的印象仍屬清晰不過。

《江湖行》故事經歷的時間，大概是北伐以後（因為全書毫未涉及北伐）直到抗戰勝利前夕；故事所涉及的場景，則以由浙江而上海為中心，逐步擴及長江中下游（「跑江湖走碼頭」），再擴及剿共時期共區的「第四號山區」（從上海溯江坐船數日再換乘汽車兩日始可「上山」的，一片灰黃色吃麵的「北方」地域，是以似應是當時的「鄂豫皖蘇區」，但其後卻又未經交代「長征」即把延安說成「後方」，則此一地域在作者意識中當仍是模糊不定的），最後更擴及抗戰時期從淪陷區進入後方、需經的浙贛湘桂各省，而止於桂林重慶及四川各地；故事所包括的內容，有農村，鎮集、小城的樸實與山川泉石的清新，有大都市的豪華與笙歌飲宴的濃郁，有演戲、賣唱、盜竊、販毒、綁票、流浪、行騙、賣淫以至跳舞賭錢吸毒這些形形色色的浪漫，也有由跑江湖而讀書而寫作而成名，由一度捲入中共幕後牽線的學生運動而至正式捲入「武裝革命鬥爭」，由參加八一三抗戰而致在陷區坐牢受罪，由逃赴大後方而得見抗戰後期內地種種腐敗罪惡的，千變萬化的壯闊——整個說來，以這一故事的時間之長、地域之廣與情節背景之變幻多方而論，相信作者的原意，實應是想要把它寫成一部宏偉的當代史詩製作。

不過，說來也許會使作者為之憮然不悅的，上面這些光怪陸離、林林總總的事物，就這一故事的主線而言其實全屬枝葉。真正的故事，其實只不過是一個頭緒紛繁的「傳奇愛情故事」，或者說得稍嚴肅些，只不過是作者要藉某種傳奇愛情故事來彰顯來表現其對人生的悲觀絕望而已——為要了解全書特質，此處自應把這一故事的主要脈絡約略介紹一下，但因原書過長，種種藝術問題又皆寄託在前後繁複情節之中，因此，電影說明書式的簡化與完全不帶評點的介紹仍是不可能的。

（二）從情場到江湖

農村青年野壯子，因了一樁偶然的小事（鄰家小孩來偷摘水果，給發現時竟一驚墜地跌死）引致父瘋母病，家破人亡，於是賣田跟從船家舵伯行船做小生意，不久便在搭船下鄉演出的越劇班中愛上了一個美麗姑娘葛衣情，但剛定了婚不久即為對方悔婚，因為這姑娘說他沒讀過書，而且她也不願一世去過鄉下生活。於是，野壯子便拿着行商所賺的錢到上海去讀書，由一個叫呂頻原的青年幫他找人補習，幾年後兩人便一同考進了大學。然後，野壯子便在一次看戲時重晤這個嫁了人又離了婚、這時已在上海戲院唱越劇唱出了名的葛衣情，開始了一種已無過去之情卻仍有當下之慾的偷情關係。然而野壯子不久便對此種關係感到厭倦，希望逃出這座「感情監獄」，即趁暑假兩個月中，前去探望杭州監獄中的舵伯（舵伯這時已因走私失手，判監兩年），就在山上寺中住下。

於是第二個女性出現。野壯子在住處附近碰到了一個受騙失身懷孕、想要自殺的小尼姑印空，給印空的師傅誤會為就是印空腹中塊肉的父親，印空為求能被野壯子立刻帶走（好去上海找她那個負心人），乾脆誣指野壯子便是她的情郎。野壯子也由於憐憫而將錯就錯，就此將印空帶回上海待產，改名映弓，讀書還俗，一變而為另一個美麗姑娘，與野壯子展開了某種鄰乎愛情的溫煦關係。這時舵伯已出獄來到上海，靠着前此走私販毒賣軍火的所得，立刻成了上海的一個有數大亨，野壯子便將映弓携去同住，映弓不久便生了一個孩子。此外，葛衣情大概也因映弓看戲喜愛上她而相結識，亦同在不知不覺間成為舵伯家中的常客，儼然無異大亨舵伯家中的主婦了。

這時，野壯子已是大學學生會主席，頗為「左傾」，但某次因不從幕後政治力量支使而立遭排擠坍台，精神大受刺激，打算出外旅行遣悶，而在舵伯宴會中重逢的葛衣情也努力勸他出去走走——野壯子想自立，想在江湖生活中再遇另一個「當年的葛衣情」，於是葛衣情便介紹他參加一個賣藝班子做總務，放棄了讀書，從此跑江湖去。（按就常理而言，一個上海大學生為要「自立」並求結識另一鄉野純情姑娘，居然只想去混跡江湖，這似乎很難令人想通——是為全書那種不自然的情節推動手法之始。）

（三）紅星愛人的出現

如是，第三個女性出現。野壯子班子某夜偶逢一個盲老何老帶着孫女紫裳（當然又是一個極美麗的姑娘）上船來賣唱，卻原來班主竟是何老之子的老朋友——紫裳父母原來也都是江湖藝人，母親還是走繩索極出名也極美麗的「野鳳凰」，二人婚後歸田隱居，但父親在生下紫裳後卒為仇家所殺，母親竟反跟着仇人哥哥跑掉，最後祖孫便淪落江湖，賣唱為活。這樣，攀出舊交之後，班主便把何老紫裳收留班中、何老以他的卓越見識與音樂天才，出主意交野壯子替班子編戲編歌，把雜耍表演融會為完整的戲劇，並使紫裳參加主唱演出，於是紫裳光芒燦露而成全班靈魂，也帶旺了戲班，得以正式躍登小城舞台去表演了。然後，何老病故，死前才知老朋友舵伯已成上海大亨，也知紫裳已對野壯子情有獨鍾，遂托野壯子把紫裳帶去上海依靠舵伯。這時，恰好上海戲院接洽好班子前往上演，戲院老闆居然便是舵伯，於是整個班子便齊赴上海。

這之後便是：紫裳給舵伯力捧走紅，邁向大明星的光輝前程，並由葛衣情的佈局而知野壯子與葛衣情的關係，誤會是野壯子對葛薄倖，一下便對野壯子疏遠——這時的葛衣情已不唱越劇，完全取代了映弓在舵伯家的地位，映弓則已在野壯子跑江湖時，因葛衣情的關係重唔舊情人，丟掉兒子一起投奔蘇區幹革命去了……於是，野壯子在與葛衣情的某晚談話裏，忽然悟到他竟徹頭徹尾陷入了葛的擺弄之中：葛介紹他去跑江湖走開，再用映弓舊情人拉走映弓，如是取得舵伯家「小姐」的地位以待他歸來；及至知道又另冒出了一個紫裳後，再慫恿舵伯投資戲院，讓戲院與野壯子的班子簽約，把班子弄來上海，然後促使舵伯讓紫裳走紅，外更輔以野壯子「拋棄」了她的流言，終把紫裳對野壯子那股初戀的深摯愛心打掉！只是，稍過不久，紫裳自知所愛者仍然是野壯子，而且也了解了野壯子與葛衣情的關係實不如葛所傳，終於向野壯子迅速獻身，鼓勵野壯子拿她賺的錢去出國留學學戲劇，希望學成歸來後可以自創事業，與她圓滿結合。

這便到了故事的極難了解的地方：野壯子不願拿舵伯或紫裳的錢出國，又沒有其他打算，心煩氣躁下只好跟着一個談得來的朋友常到鴉片煙館「燕子窩」去鬼混，使得外間遍佈「紫裳在倒貼一個煙鬼」的謠言，刺激野壯子越發感到非立刻擺脱這一環境不可；於是，早期班子中一個耍猴的朋友，曾經幹過軍隊也幹過小偷的穆鬍子忽然出現前來借錢，說是要去「北方」，投奔已在國共交界地區擁有幾百條鎗的老朋友的山頭作土匪去，而野壯子也就欣然要求同去，立刻對舵伯和紫裳和名義上還算他兒子的映弓之子通通來個不告而別——這是非常突兀費解的：僅僅「流言」（可以輕易澄清的，起碼可以完全不理的）即足使一個人棄絕唯一的愛情和僅有的親情去「轉換環境」，而「轉變環境」也並非另謀合乎自己身分才能的其他出路，竟是自甘墮落去作強盜！這恐怕只能算是為求故事發展以入預期情節而作的硬寫式筆法了。

然後，故事便進入了第二部：野壯子上山入夥，在部隊最後被共黨吸收吃掉之後只好單獨逃去。（映弓這時已在共軍中，早經改造，對他已毫無舊情了。）如是，在逃亡路上野壯子先是遇劫而財物盡失，再在瀕臨餓死時受到兩名僧人的救助，然後在一個農家獲得溫暖的招待，這裏野壯子便碰見了他生命中的第四個女性：農家少女阿清——又是一個對他一見鍾情的清秀姑娘，父母一眼便看中野壯子，要他招贅幫耕，經野壯子婉拒後仍然深情不減，互換信物並定了「等他一年」之約的。

（四）上山為寇與落魄歸來

接着便是「奇情」的高潮段落：野壯子在無臉回滬的徬徨下，終於落腳一個小城，淪為一名帶煙土的跑腿，希望積點錢再找紫裳去。數月之後，他居然陰差陽錯，邂逅了已有鴉片煙癮的野鳳凰，紫裳的母親，從而也認識了紫裳的異父妹，已是大鼓藝人的小鳳凰（當然也是一個美得出奇的少女），這便是野壯子生命中的第五個女性，而且也是很快便因「想和姐姐爭勝」而對野壯子生出濃烈愛意者——然後，野鳳凰為要不失身分地重見紫裳，忽然奮發，戒毒成功，也組班前往上海演唱，打算把小鳳凰同樣捧成紅角，於是野壯子便以編劇、經理及小鳳凰補習教師的身分，隨班同回上海。

（五）大團圓鑼鼓下的彗星作家

故事的第二部是：原來野鳳凰正是舵伯早年作海盜時便已認識且已訂親的初戀情人，由於舵伯失手入獄，這位漁家未婚妻也翻船毀家，卒為賣藝班子的船救起，改行賣藝，這才輾轉嫁給何老之子的。而更巧者，何老恰又原是舵伯的朋友，於是舵伯終得在何老娶媳喜筵上重見這個已為他人新娘的未婚妻，臨走時送了一對玉鐲，其一即何老臨終託野壯子帶去找舵伯者，另一隻本為野鳳凰私奔時帶走，這時也交給野壯子拿去再找舵伯，說是人已到來，想見舵伯——於是情節這便急轉直下：舵伯多年不娶，本便因不能忘情這個當年才十六歲的未婚妻，現在，兩個歷盡滄桑而皆前情未泯的老情人終於重逢了。於是，男的決定退休，女的也放棄了捧紅幼女之志而與長女當下團圓，二人只待班子演唱期滿便結婚前赴四川歸隱，並攜同小鳳凰到四川去從頭讀書，因為這已是時局非常緊張的抗戰前夕了。按照舵伯與野鳳凰（這時改名劉曇芳，野壯子叫她曇姨）的意思，野壯子也應同赴四川，然後與小鳳凰（這時已改名容裳）結婚的，然而野壯子卻在並不放棄容裳愛情的情形下，仍與紫裳舊情復熾，終以「寫作事業剛剛開始，亟待努力」這一藉口，讓舵伯夫婦帶容裳離滬而去，只在送行時單獨與容裳有一次擁吻定情、互約廝守的表演而已。

從此野壯子便搖身一變，成了一位聲名鵲起的天才作家——其經緯是：紫裳的電影編劇人宋逸塵本來便是野壯子的大學同學，也正是當年攻訐排擠野壯子的主謀，這時因了紫裳關係得與回返上海的野壯子重晤。由於往事的內愧，對野壯子特表好感，卒使野壯子得以重沐昔年文學老師亦即逸塵之父的教益，並在這位適是馳名全國的文學雜誌主編的老師鼓勵下努力閱讀，開始寫作，很快便以彗星作家姿態出現了。

（六）抗戰，負傷，死別，生離

緊接着便是抗戰爆發，野壯子在勞軍工作中被炸傷腿，另還有一個傷重致死者，是即映弓——映弓正是共方派來上海組織領導「文化界抗日救亡運動」因而得與野壯子重見的，她在共區早與原來那個男人分手，回上海後也和野壯子不談故交，儼然是個毫無「溫情主義」的典型共黨幹部，但在臨死前卻告知野壯子非常想見見她的孩子，要孩子以後別再走她的路，卻不知孩子就在不久前一次綁票事件中染上傷寒，恰好是在她死前剛剛死去的了。（孩子的死容，也給描寫成了就像當年使主角父親發瘋的那個鄰家孩子的模樣，儼有輪迴意味。）

然後是紫裳前往香港而野壯子則獨留上海。紫裳離滬是為避開敵偽逼她合作，野壯子之不克同行而寧與紫裳忍痛分離則是「要處理紫裳的財產」（這顯然又是非常缺乏說服力的一個敗筆）。總之，由於這一羈延，兩三年歲月便匆匆逝去，野壯子便因抗日罪名被捕受毆，傷腿再斷，從而得在為葛衣情活動保出並替他出錢治腿期間，又與已為人婦的葛衣情私通往來，還生下了一個兒子——原來葛衣情早已利用舵伯勢力，暗中扶起並控制了另一幾乎鬥垮舵伯的私梟，本想再與野壯子結婚藉便另再自然繼承舵伯事業，使葛得以自為上海巨霸首富的，其後因了舵伯猝然退休遠隱，野壯子也一直不真愛她，只好嫁給這個與日本人勾結極深的私梟以固其財，沒想到這名漢奸丈夫不但在婚後照樣大搞女人，甚至竟要為拉攏日本軍人而支使她去和日本人隨便睡覺，於是她也乾脆放蕩到底，與野壯子重拾舊歡，進一步特意懷孕，要求野壯子待她產後再去後方，同時把此事故意告知一心要和野壯子同赴後方的宋逸塵，終於讓宋鄙棄野壯子，不辭而別，獨赴後方，將「葛衣情就要替野壯子生孩子了」這一消息帶給紫裳去——我們應該記清：紫裳這時已是在後方鵠候野壯子達兩三年的了。（如是，野壯子感到必須向紫裳寫信解釋，卻又不「知道怎措辭」，只好寄望於日後的當面解釋，亦即起碼大半年內的毫無解釋或瞞騙下去，從而造成下文的發展，這當然又是另一個不近人情的敗筆。）

（七）敵後生涯與征途巧遇

這樣便到了故事的第四部：對野壯子完全絕望的紫裳，很快便和向傾慕她已久的宋逸塵結婚。野壯子聞訊大受刺激（曰：「現在我才知道我沒有紫裳是無法生活了」），於是流連舞場，結識了舞女唐默蕾（野壯子的第六個漂亮女友，也是唯一未與野壯子生出愛情糾葛的真正女友），還從唐那裏學會了賭錢伎倆，也因與唐父合作而有過一段經營車行、以開車修車為業的工人生活；野壯子最後才在太平洋戰爭爆發後，對葛衣情也來個不辭而別，自浙東經贛湘二省進入了內地——這便輪到了葛的聞訊大哭，不久後又因漢奸丈夫就在自己眼前被刺身死，從此精神失常，再在野壯子迄無書信相慰的情形下愈病愈烈，終於將兒子交給友人撫養，自己到最後徹底變成了瘋子。

進入內地的野壯子，竟在衡陽偶然邂逅了業已淪為低級妓女且已染上性病和肺病的阿清。原來阿清之父在共軍到來後即以「地主」罪被鬥身死，母女遠逃投親不遇，阿清只能秘密賣淫養母，終又把母親氣死。待到嫁一司機為妾後司機又翻車身亡，最後只好在衡陽重操淫業，然後就在一次宴召中復遇野壯子——抱頭痛哭之餘，野壯子總算把阿清帶到桂林治病，說要娶她，但在把她交給朋友照拂後，自己卻又立刻飛到重慶另尋舵伯、曇姨、容裳去了。

（八）渝桂間的情死與情變

如是，野壯子便長住在重慶南岸舵伯別墅中，一面一週兩次進城，與友人合辦文學雜誌，一面用週末週日及假期與已是高中學生的容裳從容戀愛，已打算不理阿清了，但卻又是一直因了「不知如何措辭」而既不將阿清事告知容裳乃至曇姨舵伯，又不將不想與阿清結合的意思告知阿清——待到阿清病癒，重復村姑型的淳樸美麗丰采而且拒絕了多人之愛，一面力學一面苦候野壯子已及一年而毫無結果後，只好表示要親到重慶找這位未婚夫去；野壯子得悉大恐，馳書友人轉告阿清要她死心，說是他已結婚出國，而這封信剛好又給這時已懂讀信的阿清看到，於是阿清留書自殺。

野壯子這下又傷痛不已，飛赴桂林為阿清辦理喪事，繼又為「排遣」而參加勞軍團前赴湘贛閩各省跑了好幾個月；重回桂林，才接到容裳與他決絕的信，不久更接到容裳的喜柬——容裳所嫁的正是野壯子到上海讀書時最初投靠也一同進入大學的老同窗呂頻原，也是第六女友唐默蕾的初戀情人；唐在野壯子離滬後跟着進入後方，成了司令長官的姨太太並重見已在外交部作事的呂頻原，這便介紹與野壯子相聚，再由野壯子介紹得識容裳；這時，由於已有盛名的野壯子去桂林給阿清治喪，阿清自殺的原因及其與野壯子的大致關係卒為阿清的一個傾慕者所探悉，於是此人即以明白影射的方式寫成報導寄給重慶報紙發表，哄傳一時；容裳讀此文後遂與野壯子決裂，接受乘虛而入其實也彼此早有好感的呂頻原的求愛，於是，（恰如野壯子向阿清那一砌詞一般地，）與呂迅速結婚，隨呂出國作領事夫人去了。

（九）逝夢乍回，塵緣盡了

全書的尾聲乃是：舵伯逝世，趕回重慶的野壯子才得與同屬奔喪前來的紫裳重見（紫裳之夫宋逸塵任教昆明西南聯大，未克同來）；二人為助曇姨節哀，偕曇姨同遊峨嵋，在山上又有舊情復萌之勢，最後卒在野壯子強擁紫裳而紫裳堅拒呼救時引來一名和尚，這和尚恰便是野壯子早年跑江湖所識，其後還跟他上山作土匪的那個穆鬍子——穆鬍子在部隊給共軍吞掉後逃出延安，轉投國軍，作到團長，其後負傷被棄，再在流浪重慶時重逢野壯子，轉由舵伯介紹到內江去管倉庫，不久又因打架傷人逃亡，在企圖打劫兩名僧人時受到制服與感化，終於出家；而這兩位度化穆鬍子者，正便是野壯子逃離共區快餓死時用薯乾救活過他的那兩位！

這便是真正的結局：野壯子後來便長居峨嵋寫書，此後僅到過西北「旅行一年」，抗戰勝利後也回峨嵋出家了！

二、《江湖行》小析

（一）串珠結構與鎔裁技巧

像上面這一大篇介紹，字數雖已極多，卻依然只能算是某種「故事大綱」（而且，由於若干關鍵之未臻合理，還只能算是某種尚待斟酌的未完成的故事大綱），不過即就這一「大綱」而言，讀者已可約略窺見這部小說的基本風貌了：《江湖行》的寫法，與通常皆以「完整情節」為主的小說截然不同。正如清代《儒林外史》及晚清《二十年目睹之怪現狀》之類內幕小說一般；也正如當代西方《約翰・克利斯多夫》之類發展小說或曰江河小說一般，《江湖行》也是以主角一人為中心，凡百情節都是隨着主角生活的發展而發展，左嵌右掇地分頭聚湊而成的。

但我在這裏必須立刻自我否定——上述說法相信必令作者爽然若失，因為《江湖行》確有其與內幕小說發展小說等等串珠式結構截然不同的章法在：貫串全書情節的線索絕對不止主角這一條，像葛衣情的機謀與穆鬍子的浪蕩，即與全書情節各密不可分，此外，還有映弓，這是幫助聯繫前三部情節的一條強有力的側面紐帶。當然還有紫裳，這更是自全書剛過十分之一即已出場此後便一直演到謝幕的另一重要經絡。再之外，還有舵伯，還有曇姨，還有阿清、呂頻原乃至那兩名神龍隱現的和尚……無數線索全在四向流竄中往復迴環，全都是足使整個故事絕對不能委地即散、化作許多各不相涉的零碎故事的了，何況在這些之外，或曰在這些之上，還有一個其大無比其完整也無比的總綰轂在——從北伐後直到抗戰勝利的整個中國社會。

（二）史詩體態與哲理風情

如是，我們才算窺見了作者的真正創作目標：作者表面上在寫的似是一個奇情故事，骨子裏卻顯然具有「要將近代中國的風貌與律動凝為某種長卷浮雕」的莫大的野心——不寧唯是，由於作者特別排為序跋段落的那堆「哲學語言」，由於作者密匝匝插入全書的那些個數不清的獨白自剖，以及其他大小角色隨處進迸湧的種種「人生智慧」（諸如讀書無用、人生即監獄、生活即行乞行劫行騙之類），在在皆使我們感到：作者甚至還想藉着這一奇情故事來參禪証道，勘色了空，使之能在宛然「意識流」、「存在主義」式的閃爍點綴中，最後幻現出一部純中國式的「現代派哲理小說」。

（三）「芥子須彌」的經營得失

如果上述猜測真能大致觸及作者的內心，則我願在此極不情願地說：作者的目標未免太大也太多了，而作者所用的五年時間與近六十萬字篇幅又未免太短也太少了——整部《江湖行》的成就，除卻「奇情故事」而外，在「刻劃時代」、「解剖人生」這些方面，其所能作到者不外浮光掠影，似有還無而已。

首先，在「刻劃時代」上，作者要表現的，除開故事骨幹的愛情曲折，此外還有大都市的奢靡繁華，有村鎮小城的破落寧謐，有盜賊娼妓流浪漢直到藝人商賈文士交際花乃至幫會豪強與「司令長官」諸色人等的生活，如是再擴及於共黨的「學生運動」、「統一戰線運動」與「蘇區武裝鬥爭」，進一步擴及於「抗戰努力」、「淪陷區鬥爭」、「太平洋戰爭」、「投奔自由」、「後方社會解體」等等涵天蓋地的壯闊情節——作者以比《紅樓夢》還少而僅比《雙城記》略多的字數，竟要硬塞進這許多比《紅樓夢》、《雙城記》所欲表達者都來得遠為錯綜繁複、深沉壯闊的內容。再換一比較，竟要去涉及一大堆足可媲美龐然鉅製《戰爭與和平》或當代奇才無名氏浩瀚巨帙《無名書》所蘊的那種博大精深的內容。而在創作努力上，作者卻既無曹雪芹的「十年辛苦」與無名氏的終身寢饋其間，也無托爾斯泰「要在數十萬種不同可能發展中挑出最好的一種」那片經營的慘澹，然則這些千門萬戶的內容之僅為點到即止，僅為一種「抽象敘述」（而非形相雕鏤）的間接式的交代鉤勒，也就自是無可如何的了。

因此，《江湖行》的一切史詩場面，都是一些不但沒有血肉甚至沒有景深的遠鏡場面，幾幾於連「蜻蜓點水」都談不到——讀者既不能真以心靈律動生活其間，當然也就無從真正地感動投入。因此，這些情節，遂都不外只是奇情故事中的一片片背景或一段段過場而已。

其次，在「解剖人生」或「發掘內心」上，作者無疑用了許許多多篇幅，可惜所寫者通通不外個人的當下矛盾與自我寬解，外帶若干「命運註定，造化弄人」的歎息，再外帶若干對於知識文化的廉價的揶揄。如是種種，在讀者心目中（起碼在我心目中），彷彿也徒見絮絮叨叨，適有使情節發展無端寸斷之失而已。

（四）「奇情故事」的縹緲春光

如是，似乎可以這麼說：《江湖行》的成就，也適如徐訏其他小說一般（僅恐屬摹仿喬治・奧維爾風格的最後那部《悲慘的世紀》例外），應該仍在「奇情故事」的塑造，只是這裏的「情」的規模特大而「奇」的程度也特深罷了——這是一個多角（葛衣情，何紫裳，阿清，劉容裳）再外帶雙翼（映弓與唐默蕾）的繁複愛情故事，愛情與準愛情的對象一個個各具特色，每一段愛情準愛情的韻致因之也如盛筵餚饌那樣地珍味畢陳：衣情是精幹妖冶，紫裳是明豔大方，阿清是澄澈溫淳，容裳是活潑清秀，映弓是詭奇挺拔，默蕾是爽朗率真；於是，與衣情之愛近乎蕩，紫裳之愛近乎癡，與阿清之愛近乎憐，與容裳之愛近乎悅，與映弓之情近乎親而與默蕾之情則近乎膩……該是一個千紅萬紫、百鳥爭喧的繁麗愛情故事了吧？

然而並不。因為，由於作者的基本手法並非直接的刻劃而是間接的陳述，除卻若干「大動作」（諸如紫裳獻身、容裳求學、阿清守志助人、映弓棄子投共、默蕾善賭並嫁司令長官為妾之類）而外，各各角色的音容笑貌、動作神情都了不可見，幾乎盡是些乾蹩蹩的抽象名字。而「談情説愛」也者，也無非僅可見一些直接間接的對愛對情的「談」和「説」（略提一筆：當代中外作家幾乎逢書必有的「性描寫」，在《江湖行》這一愛情巨著中居然悉付闕如，連擁抱都未真正提到過，這也該算一大特色了），是以「愛」的渲染，無非在若干場景與少數對話的氣氛營造上多少尚有綺光隱現而已——此中的唯一例外是葛衣情，這倒算得是一個繪影繪聲呼之欲出的真實存在（因此無怪作者在後記中提到，有個女星特別喜愛衣情這一角色而願去演她），可惜這只是一個反面角色，與作者真想描寫的「慾外之情」本該是不甚相干的。

（這種「人物只具剪紙輪廓」的情況，也同樣見諸仍屬要角的舵伯與曇姨，那種應有的「一代豪俠」與「絕代風華」的光影同樣地緲不可尋，僅穆鬍子的江湖浪客才算有其大致鮮活的形相，茲不贅。）

（五）「世情」忌巧，「悲情」忌疑

當然，愛情故事可以不是真講愛情，「愛情」可以向外放大而成光怪陸離的「世情」，也可以向上提升而成蒼涼壯闊的「悲情」；愛情必須是光影停勻的工筆畫，世情卻可以只是淡然鈎勒的寫意畫，而悲情則更不妨幻為舒卷六合的「長江萬里圖」之類——我深信作者的目標端在世情與悲情，因此此處似可不必拘泥愛情問題，而應另就世情與悲情二者去特作賞翫。

但這兩方面也同樣使人不能滿足。

先看「世情」。「世情」的表現必須是一系列「脈絡分明，可供把捉玩索的華嚴世相」；既是華嚴世相，就必須有足能令人入乎其間的真實感；既要「脈絡分明，可供把捉玩索」，就又必須有足能令人出乎其外的完整感。這裏，《江湖行》之能把千絲萬縷的情節「整合」使成一體的主要手法，如前所述，除葛衣情這條線索而外，便端賴若干人物事蹟的重重巧合：携帶野壯子出江湖的舵伯，不但恰巧正是紫裳祖父何老的朋友，而且恰巧更是紫裳母親野鳳凰（曇姨）的初戀情人。後來把紫裳容裳兩姊妹分別奪去的情敵，恰巧正是與野壯子早年極有關係的一先一後的兩個老同學，而後者還恰巧也正是唐默蕾的初戀對象；野壯子在上山打游擊與參加八一三抗戰前線勞軍的兩次大動作中，所遇見的共黨所派主要工作人員，恰巧正是也都是映弓；野壯子最後皈依我佛的接引人，不但恰巧正是關係特深的穆鬍子，而且穆鬍子的師父師祖，也恰巧正是當年對野壯子有過救命之恩（而野壯子也恰巧是曾圖打劫）的兩名和尚；野壯子在潦倒小城之時，不但能巧遇書中兩名重要配角之父老耿，還更能巧遇紫裳之母野鳳凰；野壯子在奔赴後方的匆促旅途中，居然又能在一次新識者的邀宴上巧遇已淪為低級妓女的阿清……莽莽神州，茫茫人海，竟有這末多的巧合奇遇薈萃於主角一身，這未免太「無巧不成書」了——因此，雖有「整合」之功，卻未免太「不像是真的」，太不能使人信服投入了！讀者所見者既悉屬「奇情」，又焉有真實不妄的「世情」可說？

再看「悲情」。「悲情」容或不忌「奇情」（像《伊利亞特》、《神曲》、《哈姆雷特》、《唐吉訶德》、《浮士德》之類便都充滿「奇情」），但卻必須另有某種絕對確然無疑的精神生活，主角的情意思維必須絕對能吸引讀者代入，如是始可帶領讀者探向某一角度的靈魂深處。然而，《江湖行》主角的內心活動卻是絕對排斥讀者投入的——《江湖行》主要情節的推動，如非來自主角在生活安排上那種毫沒來由的自暴自棄（轉換環境絕不需要自暴自棄，「表示志氣」、「尋找愛情」等等尤不需要自暴自棄），便是來自主角在愛情處理上那種無從了解的首鼠兩端（主角對究竟愛誰，乃至究竟自己有無愛情或要不要結婚這些問題，都只懂得一再地說「不知道」）；在必須向愛人交代時，也都只懂得說「不知如何措辭」而束手靜待火藥的必然爆炸；但到終於失去某一愛人後，又會一再地痛不欲生；如是，其表現既非西門慶式志在肉慾的兼收並蓄，也非賈寶玉式只顧當下的見一個愛一個（因為連賈寶玉都是一直知所抉擇的），這樣一來，主角遂展現為在一般常識中毫無搭掛的一個完全莫名其妙的窩囊廢，如此狂悖的「精神生活」，又怎能以任何「悲情」打進讀者的內心世界？

如是，容我放肆地說：《江湖行》不但不是工筆畫，也不是寫意畫或長江萬里圖——「寫意」是強行補綴成的，「長江」是純靠天兵天將「倒瀉天河」才能繼續奔流下去的。

歸結說來，《江湖行》只是一個「在主角一線發展中展現的奇情故事」。作者似乎沒意識到：「故事」，「奇情」與「主角一線發展」這三者，其實是會彼此打架的。

三、《江湖行》的成就

不過，縱有上述如許瑕疵，我們卻仍不能否認《江湖行》之為一部難得的精心傑構。這裏我願特別提出兩點。

（一）爐火純青的文字功力

首先，是《江湖行》的遣詞用字之力透紙背——不看全貌而看局部，《江湖行》在寫景敘事上的一字千鈞，恐怕已是非如徐訏者所可輕易辦到的了。

試看一下作者為主角初戀所作的佈景與描狀：

在這寂靜的園中，我們沒有談甚麼，但不知為甚麼竟坐了這麼久。輕輕的風掠過竹葉，彎彎的下弦月升到天空，遠處傳來隱約的犬吠，籬邊樹下響着啾啾的蟲吟。這些已經夠了伊甸園的條件，人間本來用不着語言，一聲低笑，一聲微喟，小小的表情輕輕的動作已經可以使人與人之間完全了解……我們都是鄉下的孩子，還不知道在從來沒有經驗過的場合中該說甚麼。因此我們都沒有說甚麼。（頁二四）

再看看作者對紫裳在上海首次登台，聲光燦溢，致令主角因恐懼不安而特顯煩躁的那種心情的描繪：

戲開幕後，滿院的熱鬧頓時使我感到非常寂寞。從後台望到前台，那堆積如山的紅男綠女的頭顱，使我頭暈，我望着那些臉龐，那些眼睛，那些裂開的嘴，有的吸煙，有的咬着瓜子，有的吃着水果，一剎時竟像都變成了骷髏，一層一層疊在那裏的骷髏。（頁二二四）

隨便掇拾，不妨也看看作者對共黨的描述：

一到對岸（共區），我們就受到了熱烈的歡迎，所有負傷的人都送到後方醫院，我們受到了慰問犒賞，以後每晚都有招待我們的晚會。這使我們當初反對遷來的伙伴也開始感動了。從此，唐凌雲（原領導人，與主角已親如弟兄的）有了辦公的地方，許多新人開始幫他處理事務，我發現他與我們的距離突然遠了。於是每次我們想找他談談，總要在他門口填個表格，等上許多時候，會晤時也總有我們不認識的人在一起。除了間接發下的唐凌雲的命令以外，我們同他的接觸已完全沒有了。

可是我們那時生活很好，除了被派到對岸與我們六股游擊隊聯絡以外，我們都很空閒，晚上就常常被邀請參加文娛晚會，於是我們中間也成立學習小組，有人來給我們開會，生活開始緊張；過去我們是一種友愛結合，我們只有個團結的心，現在我們需要發表個人對別人的意見，這批評的對立就冲淡我們的友愛。而那時候，一群在後方醫院傷癒的伙伴陸續歸隊，他們有另外一種姿態影響了我們，於是有人要求到老區域去學習，有人竟時常批評我們的過去，甚至牽涉了唐凌雲。從那時候起，我們間已沒有從前的坦白的談話與豪放的哄笑，我們間也沒有純粹友情的往還，我感到一種壓迫與悶窒。

（頁三〇七—三〇八）

這些信手鈔來的段落，在在皆足表現作者那種宛然流水行雲而又鬼斧神工的無上功力——可以說：《江湖行》全書那堆笨重的設計，便全是在作者此種舉重若輕的文字技巧下給輕輕抬過去的；《江湖行》在意境上結構上的種種瑕疵，大概也都是主要仰仗此種字字珠璣的筆致文采而給掩蓋過去的。

（二）筆路藍縷的史筆境界

僅僅文詞風采，當然不足構成一部作品的最大成就（雖然這已極為重要，譬如說，無名氏的吸引力便主要來自文采），因此我們還得正視作者的最大成就：要將——「半個中國的二十年急劇演變」全部融入一個名士美人的風流故事之中，而且居然大致給辦到了的那種史無前例的成就。

從「風流故事」格局而言，作者誠然缺乏應有的種種粉膩脂香，但從「時代史詩」品味而言，作者以不到六十萬字的篇幅，靠了「故事具相」的無可奈何的犧牲，卻總算已將「陷共前的現代中國全貌」之風韻神情大致具相化了——作者就憑藉幾個男女的離奇遇合，引導着讀者從北伐以後的休養生息（農村的安樂與都市的繁華），逐次瀏覽了城市的左傾學運，鄉區的共黨鬥爭，以至抗戰初期的轟轟烈烈與抗戰後期的消沉混亂……雖說是走馬看花而兼霧裏看花，「現代中國」的基本輪廓總算已是躍然紙上的了！

這是現代中國幾乎所有作家都渴欲求之而不可得的，現在在徐訏五年辛勤下總算初步獲得結果了——天孫雲錦雖說未克剪裁也彷彿極難剪裁，畢竟大致上業已煥然成章；如果定要責備賢者的話，則以徐訏的學力才華，《江湖行》這一史詩故事本該寫得更見完美、更足成為文學史上傳世之作的；不過，只要我們能回想到作者執筆期間那種時時刻刻都必須煮字療飢的艱困境況，則今日這一「開路」式的廣闊成就委實已算難能，一切挑剔應該都是多餘的了。

讓我們致敬徐訏先生，這位不出世的天才確已留下了他所可能留下的特足珍貴的心血。

一九八一年四月，辛酉清明節

刊香港浸會學院中國語文學會編：《徐訏紀念文集》，一九八一年

第二輯

古典文學評論

「詩仙」與「詩聖」的高下——李白杜甫詩境造詣簡論

一、青年欣賞者在李杜之間的惶惑

自從我入學讀書，懂得把詩當作歌謠一樣來哼開始，我便知道中國的詩歌以唐代為「黃金時代」，唐代的代表詩人或者說最偉大的詩人便是李白和杜甫，李白是「詩仙」，杜甫是「詩聖」，兩人的詩都非常了不起。我當然也讀過他們的幾首詩，這些詩當然都是選在初中國文課本上面的簡單的短詩，我只知道這些詩都「應該是好東西」，但它們究竟好在甚麼地方，我當然不配知道，我唯一還能欣賞的，便是它們都很「順口」，李白的詩好像還要特別來得「順口」，如是而已。

然後，我進了高中，我開始讀了更多的詩，當然也包括更多的李白和杜甫的詩，我慢慢懂得「欣賞」了，起碼我懂得欣賞李白的詩了——「明月出天山，蒼茫雲海間，長風幾萬里，吹度玉門關。」多麼雄豪！「長安一片月，萬戶擣衣聲，春風吹不盡，總是玉關情。」多麼優雅！「風吹柳花滿店香，吳姬押酒勸客嚐，金陵子弟來未相送，欲行不行各盡觴。」多麼綺麗！「君不見黃河之水天上來，奔流到海不復回！君不見高堂明鏡悲白髮，朝如青絲暮成雪！」多麼悲壯！反之，我對杜甫的詩，卻一直覺得很難恭維：「兩個黃鸝鳴翠柳，一行白鷺上青天。」這豈不是兒歌？「朱門酒肉臭，路有凍死骨！」這豈不是標語？「麻鞋見天子，衣袖露兩肘。」這豈不是連叫化子都唱得出來的蓮花落？「皇帝二載秋，閏八月初吉，杜子將北征，蒼茫問家室。」這更不成話了，這豈不是五字一句寫成的、囉嗦無聊的流水帳？

於是，我嘗試拿下面這個問題去問我當時那位高中國文先生，是即我至今仍尊為平生第一恩師的孟昭聃（志孫）先生（數年前聽說他還是南開大學「中國古典文學教研室」主任，曾被指為「右派」的）：「李白詩和杜甫詩的風格不同之處何在？」——說得準確一些，我真正想問的是：「杜甫詩在平淡囉嗦之外，究竟還有甚麼特別的好處？」

記得孟先生當時在課堂上作了一個輕鬆的答覆：李白和杜甫如果要參加考試，則李白準是第一個交卷，而杜甫很可能會挨到最後還不交，因為李白的詩在力求輕快誇張，而杜甫的詩則在力求細緻深刻；所以，「君不見黃狗飛上天，白狗一去三千年！」便是李詩；而（王荊公戲詠舊時尿槽糞坑的）「板窄尿流急，坑深糞落遲。」便是杜詩！

這一答覆引起了鬨堂大笑，但仍笑不掉我的問題。於是某次我在私下大膽詢問了：「我總覺得李白詩比杜甫詩好，總不了解為甚麼歷代名家都只去推尊杜甫。」孟先生微笑着沈吟了一下，答道：「李白絕對趕不上杜甫，你到了中年自會知道，現在我也很難解釋。」

然後，我帶着這個悶葫蘆進了大學。我當然還不到中年，可是我對李白的熱情漸漸淡下去了，我覺得把李白的詩讀熟了一、二百首之後，再讀他的其他作品時，便會有「大致總不外這幾套」的感覺了！與此相反的是，我對杜詩的好處慢慢有所體會，讀得較多，而且就是本已讀得滾瓜爛熟的，隔些時再去哼哼，也仍可哼出若干新的滋味出來，我開始感到杜甫作品的「經得起時間考驗」了。

這裏，我得感謝我的另一位恩師沈從文先生，我從他的一段關於文藝的講話中，觸類旁通，終於獲得了「李杜風格分別」乃至「李杜孰優」這一老問題的關鍵性的解答。沈先生在他的「現代文選及習作」課上，告訴我們這群學生說：文藝創作的最高尺度，只不外「準確」二字——杜詩的真正優點，或者說其基本的不可幾及之處，便是準確，便是對於各種不同的情感和不同的題材，全都有一種恰如其分的「準確的表達」，這是只知「長風幾萬里」、「白髮三千丈」、「金樽綠酒生微波」、「雲想衣裳花想容」的李白所絕對辦不到的！

我自知我的這一了解得來不易，這不僅是一般青年讀者所很難懂得的了解，而且，請恕我坦率地說，這也是連今日某些正在教導青年讀詩的大人都很難獲得的了解——我在一套國文課本上便見過下面這些話：李白是「唐朝的第一個偉大詩人」，而杜甫詩的好處則主要只是「沉鬱頓挫」，這簡直有點像在說：杜詩的主要好處便是一股「愁眉苦臉、上氣不接下氣」的勁頭！我不願對作這種講解的人多所批評，我知道不真懂詩的大人，其趣味及眼界並不準比青年學生為高；不過，這一問題本身仍是必須澄清的，因為，在「崇李抑杜」背後隱含着的那股愛好輕浮淺俗的文藝情操，乃至那股愛好誇誕放縱的思想態度，正是與今日時代病態相應，而為我們所必須竭力排拒的。

二、千古詩家的「崇杜」口碑

可以這麼說，自從李白和杜甫相繼逝世之後開始，直到今日，凡是有名的詩人和詩評家在提到杜甫時，除去像韓愈等極少數幾個人是「李杜並稱」而外，再除去像楊大年這種絕無僅有的把杜甫說成村夫子的妄人而外，幾乎沒有不許杜甫為「詩人之首」的。這是中國文學史上的一項常識，我們不妨看看這些大詩人們的話：

首先是中唐名家元稹那篇傳響百世的〈唐故檢校工部員外郎杜君墓係銘〉，這裏面對杜甫的稱讚和對李白的評價是：「至於子美，蓋所謂上薄風騷，下該沈宋，言奪蘇李，氣吞曹劉，掩顏謝之孤高，雜徐庾之流麗，盡得古今之體勢，而兼人人之所獨專矣……詩人以來，未有如子美者，是時山東人李白，亦以奇文取稱，時人謂之李杜，余觀其壯浪縱恣，擺去拘束，模寫物象，及樂府歌詩，誠亦差肩於子美矣。至若鋪陳終始，排比聲韻，大或千言，次猶數百，詞氣豪邁，而風調情深，屬對律切，而脫棄凡近，則李尚不能歷其藩翰，況堂奧乎。」

元稹以後，歷代詩人和詩評家的讚譽之詞更是史不絕書，茲舉其大者如下：

白居易〈與元九書〉中說：「唐興二百年，其間詩人，不可勝數。……詩之豪者，世稱李杜，李之作，才矣奇矣，人不逮矣；索其風雅比興，十無一焉。杜詩最多，可傳者千餘首。至於貫穿今古，覼縷格律，盡工盡善，又過於李焉。」

杜牧〈讀杜詩〉說：「天外鳳凰誰得髓，無人解合續絃膠。」

司馬溫公《迂叟詩話》說：「古人為詩，貴於意在言外，使人思而得之。近世詩人，惟杜子美最得詩人之體：如國破山河在，明無餘物矣。城春草木深，明無人矣。花鳥平時可娛之物，見之而泣，聞之而恐，則時可知矣。他皆類此，不可遍舉。」

蘇東坡〈王定國詩集序〉說：「古今詩人眾矣，而杜子美為首，豈非以其流落飢寒，終身不用，而一飯未嘗忘君也歟。」

秦少游〈進論〉說：「杜子美之於詩，實積眾流之長，適當其時而已。昔蘇武李陵之詩，長於高妙。曹植劉公幹之詩，長於豪逸。陶潛阮籍之詩，長於沖澹。謝靈運鮑照之詩，長於峻潔。徐陵庾信之詩，長於藻麗。於是子美窮高妙之格，極豪逸之氣。包沖澹之趣，兼峻潔之姿，備藻麗之態，而諸家之作所不及焉。然不集諸家之長，子美亦不能獨至於斯也。豈非適當其時故耶。孟子曰：伯夷，聖之清者也，伊尹，聖之任者也，柳下惠，聖之和者也，孔子，聖之時者也。孔子之所謂集大成，嗚呼，子美亦集詩之大成歟。」

陸游〈讀杜詩〉：「千載『詩』亡不復刪，少陵談笑即追還；嘗憎晚輩言『詩史』，清廟生民伯仲間。」

陳善《捫蝨新話》：「老杜詩當是詩中六經，他人詩乃諸子之流也。」

孫僅〈讀杜工部詩集序〉：「公之詩，支而六家：孟郊得其氣焰，張籍得其簡麗，姚合得其清雅，賈島得其奇僻，杜牧得其豪健，陸龜蒙得其贍博。皆出公之奇偏爾，尚軒軒然自號一家，赫世烜俗。後人師擬不暇，矧合之乎？『風』、『騷』而下，唐而上，一人而已。是知唐之言詩，公之餘波及爾。」

葉夢得〈詩話〉說：「詩人以一字為工，世固知之，惟老杜變化開闔，出奇無窮，殆不可以形迹捕詰，如江山有巴蜀，棟宇自齊梁，則其遠近數千里，上下數百年，只在有與自兩字間，而吐吞山水之氣，俯仰古今之懷，皆見於言外，此工妙至到，人力不可及也。」

三、「渾涵汪茫」與杜甫的人格

上面所引這些著名的詩人詩家，對於杜甫這種異口同聲的至高恭維，很可能使許多青年讀者為之困惑不已：這些人全是中國文學史或中國文學批評史上的大名鼎鼎的人物，難道他們都沒有看見杜詩的那股子笨拙勁？他們為甚麼會對杜詩這樣推崇？他們所說的杜詩那些好處，全是用的一些虛飄飄的字眼，這些好處的真正解釋又究竟何在？為甚麼他們對於李白詩那種罕見的光彩竟都不大放在眼內？

這些問題，正是我過去在高中時代親自感到過的問題。這些問題的解答，也正如我過去的經驗，主要要靠自己讀詩讀得多也咀嚼得更細時，才可能自己解答。不過，我既已有過經驗，同時也自認為可以大致作一解答了，我自然願意在此把這一解答約略說出來，這便是：風格來自人格——李白和杜甫的不同人格，決定了他們的不同的風格，他們的各各人格的分量，通過了他們那種可能很難分出高下的才思和學力，表現出來的風格自然也就呈現不同的分量，而這種不同的分量，正是「對詩內行」的人所特別能夠感覺到的。

讓我們先看杜甫。

如所周知，杜甫的人生態度是儒家那種正常中庸、熱情入世的人生態度，杜甫的感情是從自己到親人到戚友鄰里、國家社會以至草木鳥獸，無所不包的（因此他曾為梁任公譽為「情聖」），杜甫的注意力也是從一己的小事直到天下的大事，無所不包的（因此他的詩本身即可提示後人為他編年，也能協助後人了解他的時代社會的情況，而一直被譽為「詩史」）；因此，杜甫的創作心靈所面對的，是一個廣闊繁複、處處皆可深入探索的宇宙，杜甫的創作心靈所植根的，是一個平正通達、處處皆有創作題材的正常堅實的人生——杜甫能夠感覺到，而且能夠認真地深刻地感覺到，一個正常的人在正常生活中所能感覺到的一切，然後再對這些感覺加以一種正常的堅實的表達，因此杜詩的題材範圍，便可以大而國計民生、小而竹頭木屑、斂則規行矩步、放則海闊天空地無所不包，這裏面全有杜甫的真感覺和真感情，而杜甫的創作態度，又正是一種極其嚴肅認真的、務求表達能夠「準確」的勤懇誠篤的態度（他在學習努力上是「讀書破萬卷」、「熟精文選理」，在創作努力上是「新詩改罷自長吟」、「為人性僻耽佳句，語不驚人死不休」），這樣一來，題材的廣博豐富固然不在話下，而各種不同性質的題材（思想感情等等）之必然會有其各各不同的「準確」表達方式，或者說「恰如其分」的表達方式，自然便形成了各種不同的風格表現，這各種不同的風格表現，在一個具有高度天才、深湛學力、再加上絕對嚴肅認真的創作態度的作者的腕下，自然便都會各臻其妙，從而形成一種無可名狀的多方面的絕頂成就了。

這便是杜詩之所以被譽為「渾涵汪茫，千彙萬狀，兼古今而有之。他人不足，甫乃厭餘；殘膏賸馥，沾丐後人多矣。」（《新唐書．杜甫傳贊》）以及「上薄風騷，下該沈宋，言奪蘇李，氣吞曹劉，掩顏謝之孤高，雜徐庾之流麗」的具體解釋。

這也便是杜詩所以會有前述那種「標語」、「蓮花落」之類笨拙表現的主要解釋——「笨拙」有時正是「準確」，正是在某些題材風格要求中的「恰如其分」，我們在偉大的交響樂中豈不可以找出各種大大小小的「嘈音」？許多極高級的樂曲，譬如貝多芬的名奏鳴曲《月光曲》之類，在外行者耳中也豈不只是一片平板和單調？因此，只看見杜詩的笨拙處，而不去看這些「笨拙」表現的周遭全景，豈不正是盲人摸象的行徑？

四、李白的「飛揚跋扈」的人和詩

現在，讓我們再看李白。

李白的思想，一般人多稱之為「道家思想」，其實這一形容還不甚顯豁，用今日的術語說來，這倒大可稱為「存在主義」的思想——李白的人生態度是浪漫的，是不僅浪漫而且庸俗、不僅庸俗而且跡近胡鬧的；李白的畢生作為，幾乎全可用「自我衝動的放縱」來一句話說光：他在血氣方剛的少時，便像今日的「阿飛」、「太保」一般地，要去玩劍殺人；社會生活過得煩躁了，便像今日的「厭世主義者」一般地要去入山遯隱；穩居生活過得太悶了，便像今日那些大捧希特勒和史達林的「存在主義者」一般，要出來四處阿諛權貴找官做；作不成官便作「詩酒風流」的名士；作上了官便又成了一個使酒罵座、到處挑釁的「憤怒青年」；再丟掉了官便搖身一變而為修仙的「神秘主義者」；「修仙」畢竟寂寞，於是最後再幹要去幫人造反的「時代叛逆」……歸結說來，李白的「出世」是在衝動煩躁之下或者沒官做失意落寞之下的「出世」，李白的「修仙」是「酒色之徒的修仙」（他幾乎是每到一地都要娶上新的女人，其好酒當然更是名馳千古），一切作為看似矛盾，其實萬變不離宗，完全是一個絕對自我中心的、「存在主義」的存在——杜甫曾贈李白詩說：「秋來相顧尚飄蓬，未就丹砂愧葛洪，痛飲狂歌空度日，飛揚跋扈為誰雄？」正是深知李白的恰切寫照。

像這樣的一個「存在」，其人生領域必然是狹隘的，在這種狹隘的領域之中，其所能獲得的感受和所能產生的感情，也必然是淺薄浮泛的。而且，就算對於這種淺薄浮泛的感受和感情，其在表達功夫上之不肯認真與不願耐煩，又必然是順理成章、無可更易的。因此，李白誠然是天才過人，甚至其天才極可能超越許多詩人，但天才並不便是成就，對於任何不肯慘澹經營的人，天才只能幫助他去作一些浮光掠影的表面工作，於是，李白的詩便只能走上飄逸瀟灑、秀朗高華、雄奇奔放、鏗鏘璀璨的路——這其實也正是一條不深刻、不厚重、「言大而誇」、「華而不實」的，所謂使才逞氣、賣弄聰明的小路。

五、關於李杜優劣的若干權衡

年輕的讀者往往會是李白迷，絕大多數年輕讀者們一定會對上面那段批評李白的話感到不服，因此，這裏應該對李白詩的藝術成就作一較詳的觀察。

文藝創作的處理方面，一般說來，不外「寫景狀物」、「抒情」、「敘事」、「說理」幾方面，我們下面不妨就此逐一觀察李白詩的造詣：

在寫景狀物上，李白的技巧一般不外三種：一、採用一種誇張性的手法來一筆帶過，如「明月出天山」數句，如「長風萬里送秋鴈」，或者，採用一種誇張性的手法來反覆強調，如下述這著名的一段：「廬山秀出南斗旁，屏風九疊雲錦張，影落明湖青黛光，金闕前開二峰長。銀河倒掛三石梁，香爐瀑布遙相望，迴崖沓嶂凌蒼蒼。翠影紅霞映朝日，鳥飛不到吳天長。登高壯觀天地間，大江茫茫去不還，黃雲萬里動風色，白波九道流雪山。」二、採用一種靈巧的重點選擇來一筆帶過，如「眾鳥高飛淨，孤雲獨去閒，相看兩不厭，只有敬亭山。」如「三山半落青天外，二水中分白鷺洲」以及「風吹柳花滿店香」之類。三、採用一種聰明的新鮮比喻來一筆帶過，如「雲想衣裳花想容，春風拂檻露華濃，若非群玉山頭見，疑是瑤台月下逢」之類。

這種寫法的好處，是刺激、新鮮、明快、活潑，但就是很難使人反覆玩味，很難使人感到這些字眼的背後還有多少供咀嚼的餘地——和李白這類描寫相比，杜甫的那些句子，如「岱宗夫如何，齊魯青未了；造化鍾神秀，陰陽割昏曉。」、「陰壑生靈籟，月林散清影，天闕象緯逼，雲臥衣裳冷。」、「昔聞洞庭水，今上岳陽樓。吳楚東南坼，乾坤日夜浮。」、「風急天高猿嘯哀，渚清沙白鳥飛迴，無邊落木蕭蕭下，不盡長江滾滾來。」以及「魚吹細浪搖歌扇，燕蹴飛花落舞筵。」、「細雨魚兒出，微風燕子斜。」等等，其功力境界之高，實不可同日而語。

而且，這還不只是功力境界問題。李白的寫景技巧，如上所說，因為來得太輕巧太容易，有時還會形成一些實不可取的機械堆垛，如「借問此何時，春風語流鶯」之類，即有極重的庸俗脂粉味，而「犬吠水聲中，桃花帶雨濃，樹深時見鹿，溪午不聞鐘。綠竹分青靄，飛泉掛碧峰。無人知所去，愁倚兩三松。」之類，更成了平板單調、幾乎毫無意趣的圖案畫了。

其次，說到抒情，李白詩的弱點尤其明顯，如非「青春傷感」的誇張，往往便是「滿腹牢騷」的長歎，最平穩的，也只不過是虛浮做作的比喻而已。前者如「君不見高堂明鏡悲白髮，朝如青絲暮成雪。」之類，次者如「抽刀斷水水更流，舉杯消愁愁更愁。」之類，後者如「請君試問東流水，別意與之誰短長？」、「桃花潭水深千尺，不及汪倫送我情。」、「橫江欲渡風波惡，一水牽愁萬里長。」之類——這些和杜甫之能號稱「情聖」的各種「力透紙背」的抒情之作相較，簡直是相去不可道里計了。

再次，說到敘事，李杜二人在一般樂府和古詩中的敘事優劣之分，比較不像前面那些那樣明顯，但有一點仍是非常明顯的：李詩的敘事往往只不外活潑輕靈，杜詩則幾乎每段敘事中都有一種渾厚深切、無可割裂的情感，如〈北征〉、〈赴奉先詠懷〉、「三吏」、「三別」以及下面還要引到的〈洗兵馬〉之類；至於杜詩如《詠懷古跡》中的那一首：「群山萬壑赴荊門，生長明妃尚有村，一去紫臺連朔漠，獨留青塚向黃昏。畫圖省識春風面，環珮空歸夜月魂，千載琵琶作胡語，分明怨恨曲中論。」其情、景、事之交融一片而又精凝至無可再短的這種造詣，則更是李詩根本不能望其項背的了。

最後，再談到說理，這更是「飛揚跋扈」的李白所絕對不在行的，而杜詩則頗不乏「理趣」之作，如「寂寂春將晚，欣欣物自私」、「乾坤萬里眼，時序百年心」之類，且非後來宋儒的「理趣」詩可及。

六、杜詩的飄逸奔放與清婉穠豔

我想，上面這些大致的比較，應該已可說明李杜的優劣之辨了。不過本文大概還得來一段必要的補充：一般人提到李白詩，往往要以「雄壯、奔放、飄逸、清婉、穠豔」之類來形容，因此極易使人誤會杜詩即無此類造詣。這一誤解必須澄清。對於讀詩不多的讀者，下面所舉的一些詩例全是可供仔細欣賞的。

我們可舉兩首杜詩來體察它的雄壯。一是〈後出塞〉第二：「朝進東門營，暮上河陽橋。落日照大旗，馬鳴風蕭蕭。平沙列萬幕，部伍各見招。中天懸明月，令嚴夜寂寥。悲笳數聲動，壯士慘不驕。借問大將誰，恐是霍驃姚。」一是《秋興》第一：「玉露凋傷楓樹林，巫山巫峽氣蕭森，江間波浪兼天湧，塞上風雲接地陰。叢菊兩開他日淚，孤舟一繫故園心。寒夜處處催刀尺，白帝城高急暮砧。」

下面這首〈送孔巢父謝病歸遊江東兼呈李白〉，正好是杜甫向李白表現的飄逸：「巢父掉頭不肯住，東將入海隨煙霧，詩卷長留天地間，釣竿欲拂珊瑚樹，深山大澤龍蛇遠，春寒野陰風景暮，蓬萊織女迴雲車，指點虛無是征路，自是君身有仙骨，世人那得知其故，惜君只欲苦死留，富貴何如草頭露？蔡侯靜者意有餘，清夜置酒臨前除，罷琴惆悵月照席，幾歲寄我空中書，南尋禹穴見李白，道甫問信今何如？」

〈洗兵馬〉一首，可以用為杜詩「奔放」的一例：「中興諸將收山東，捷書夜報清晝同。河廣傳聞一葦過，胡危命在破竹中。只殘鄴城不得日，獨任朔方無限功。京師皆騎汗血馬，回紇餵肉葡萄宮。已喜皇威清海岱，常思仙仗過崆峒。三年笛裏關山月，萬國兵前草木風。成王功大心轉小，郭相謀深古來少。司徒清鑒懸明鏡，尚書氣與秋天杳。二三豪俊為時出，整頓乾坤濟時了。東走無復憶鱸魚，南飛覺有安巢鳥。青春復隨冠冕入，紫禁正耐煙花繞。鶴禁通宵鳳輦備，雞鳴問寢龍樓曉。攀龍附鳳勢莫當，天下盡化為侯王。汝等豈知蒙帝力，時來不得誇身強。關中既留蕭丞相，幕下復用張子房，張公一生江海客，身長九尺鬚眉蒼。徵起適遇風雲會，扶顛始知籌策良。青袍白馬更何有，後漢今周喜再昌。寸地尺天皆入貢，奇祥異瑞爭來送。不知何國致白環，復道諸山得銀甕，隱士休歌紫芝曲，詞人解撰清河頌，田家望望惜雨乾，布穀處處催春種。淇上健兒歸莫嬾，城南思婦愁多夢。安得壯士挽天河，淨洗甲兵長不用。」

杜甫的清婉則可以下列兩首為例：一是〈前出塞〉第三：「磨刀嗚咽水，水赤刃傷手，欲輕腸斷聲，心緒亂已久。丈夫誓許國，憤惋復何有？功名圖麒麟，戰骨當速朽。」一是膾炙人口的〈佳人〉後半：「在山泉水清，出山泉水濁，侍婢賣珠迴，牽蘿補茅屋。摘花不插髮，採柏動盈掬。天寒翠袖薄，日暮倚修竹。」

至於穠豔，則杜詩中許多句子幾乎都可以作例，如「穿花蛺蝶深深見，點水蜻蜓款款飛」、「娟娟戲蝶過閒幔，片片輕鷗下急湍」等全是，這裏且略舉兩首，以見一斑：一是〈城西陂泛舟〉：「青蛾皓齒在樓船，橫笛短簫悲遠天。春風自信牙檣動，遲日徐看錦纜牽。魚吹細浪搖歌扇，燕蹴飛花落舞筵。不有小舟能蕩槳，百壺那送酒如泉。」一是〈春宿左省〉：「花隱掖垣暮，啾啾棲鳥過。星臨萬戶動，月傍九霄多。不寢聽金鑰，因風想玉珂。明朝有封事，數問夜如何。」

七、關於李的古風與杜的絕句

最後，我必須再作兩點重要的補充。

一、我認為李白仍有一些可以使我百讀不厭的偉大篇章，不過非常有趣，這些我最喜愛的詩，幾乎全是李白最早期所作的「古風」和「樂府」——我想這大概是因為李白對這些早期作品特別花過功夫、不像後來那種逞才使氣的作法之故。我最喜歡的一首，也正是李白集中的第一首：首句為「大雅久不作」那首古風，其中最後那四句：「我志在刪述，垂暉映千春。希望如有立，絕筆於獲麟」，幾乎並不是我所熟悉的李白的聲口，反而有點近似杜詩氣象了。

二、無論如何，杜詩的確有一點不及李詩，是即絕句——絕句是舊詩中最小巧的體裁，其所需的聰明往往比「功力」為多，因此在絕句創作上，杜詩所顯現的笨拙，恐怕便正是貨真價實的笨拙了。

刊《知識生活》總第八期，一九六三年十二月二十日

古詩十九首考

一、古詩十九首的來歷之謎

（一）《昭明文選》與〈十九首〉

在中國文學史上，古詩十九首素被視為一組來歷不明的古詩。今日可見的最早收錄這十九首古詩的古籍，是南北朝梁昭明太子蕭統（公元五〇一——五三一）所編的《昭明文選》，而這十九首古詩在《昭明文選》中，根本即無標題，無作者，乃是在〈古詩一十九首〉這一總題之下，以來歷不明的姿態一起出現的。因此，為求了解這組古詩的作者來歷，起碼為求判斷產生這組古詩的大致的時代，我們不能不根據一些可靠的資料來另作推敲。

（二）《文心雕龍》的〈古詩〉觀

今日可見的能供這一推敲之用的可靠資料，主要只有在與梁昭明太子同時的劉勰（公元四六五——五二二）的《文心雕龍》上，以及鍾嶸（公元四八〇？——五五二）的《詩品》上，關於這組古詩的記載。

《文心雕龍》說：「〈古詩〉佳麗，或稱枚叔；其〈孤竹〉一篇，則傅毅之詞。比采而推，兩漢之作乎？觀其結體散文，直而不野，婉轉附物，惆悵切情，實五言之冠冕也！」這是說：有人以為〈古詩〉中的佳作是西漢初年的辭賦名家枚乘（公元前？——前一四〇）之作，而「冉冉孤生竹」一首，則（應該也同是劉勰轉述的他人猜測）為東漢初年與班固（公元三二——九二）同時的名散文家傅毅的作品。不過，劉勰本人對這種傳說即顯不置信，因此立刻接着說：「比采（按照韻調風格）而推，兩漢之作乎？」不僅如此，他還特別指出：「至成帝品錄，三百餘篇，朝章國采，亦云周備，而辭人遺翰，莫見五言；所以李陵班婕好見疑於後代也。」這即是說：劉向劉歆父子的《七略》及其後據以改編的班固的《漢書．藝文志》，乃是詳密可靠的書目，然而其中並未提及任何五言作品，因此李陵班婕好等的五言詩全是可疑的偽作，則〈古詩〉中的所謂枚乘之作應該也一樣地不可靠——不過，話說回來，劉勰畢竟仍推斷這些詩乃是「兩漢之作」，至於何以既是兩漢之作而又不為《七略》所提及，則他便沒有再端詳下去了。

（三）《詩品》的〈古詩〉觀與陸機擬作

其次鍾嶸《詩品》對此的說法，也同樣地並不肯定：「〈古詩〉，其體源出於『國風』。陸機所擬（即為陸機擬作藍本的原詩）十四首，文溫以麗，意悲而遠，驚心動魄，可謂幾乎一字千金。其外『去者日以疏』四十五首，雖多哀怨，頗為總雜。舊疑建安中曹王所製。『客從遠方來』、『橘柚垂華實』，亦為驚絕矣。人代冥滅，清音獨遠，悲夫！」因此，鍾嶸對這一問題的判斷也是非常躊躇的：他一方面說是「古詩眇邈，人世難詳」、「枚（乘）馬（司馬相如）之徒，詞賦競爽，吟詠靡聞」，表示其同樣不相信其中有枚乘等人的作品，但一方面又說是「推其文體，固是炎漢之製，非衰周之倡也」，表示他也仍覺得在風格上必須把這一組古詩推斷為漢代之作，這態度和《文心雕龍》幾乎無甚差別。所以，在《詩品》中，鍾嶸對這一作者考證問題所提及的新說，大致便只有那麼一句連他自己也不甚信任的「舊疑建安中曹王所製」的話，說出了過去有人以為是建安時期的曹植（公元一九二——二三二）和王粲（公元一七七——二一七）所作，此外彷彿便沒有更多資料了——但這裏顯然已有兩大非常值得注意的資料：一、〈古詩〉中有十四首是晉代的陸機（公元二六一——三〇三）有過擬作的，陸機所擬的這十四首之中，有十二首都已因收入了《昭明文選》而得流傳至今，其總題即為〈擬古詩〉（分題即〈擬明月何皎皎〉〈擬明月皎夜光〉等），而其所擬的原詩除〈蘭若生春陽〉一首外，其餘也全在今存的〈古詩十九首〉之中，因此，可以推知遠在晉初陸機之時，今存的〈古詩十九首〉應該便是業已大致寫定了的，而且它們在當時博學多才如陸機等人的了解之中，便已是非常精彩、值得摹擬，而又不知作者為誰、因而只能叫做〈古詩〉的；二、〈古詩〉在鍾嶸所處的齊梁時代，一共有「陸機所擬十四首」及「其外『去者日以疏』四十五首」，共為五十九首，而非僅是今存的這十九首，不過其餘四十首，正如陸機擬詩十四首的其餘兩首一樣，由於不曾選入當時的《昭明文選》之中，因此後來很快即已失傳，不可復睹了。

（四）《玉臺新詠》與枚乘說

在《文心雕龍》與《詩品》之外，另外還有一個為一般考證〈古詩〉來歷者所常得提及的資料，是即陳朝人徐陵在所編的《玉台新詠》中，把〈古詩〉中的八首（案即，香港中學會考篇目所選錄那八首）再加一首起句為「蘭若生春陽」的，合稱為〈枚乘雜詩〉，成為主張〈古詩〉中有枚乘作品者之最肯定的表現。不過這一資料，對問題本身其實無甚重要性，因為〈古詩〉中所謂枚乘之作，在齊梁時代的權威文學者（劉勰、鍾嶸、以及昭明太子領導的「文選樓」學士集團）普遍全不承認的情況下，特別加上比齊梁學者還要更早的晉陸機與劉宋的南平王鑠（休玄）皆有〈擬古詩〉而不叫做「擬枚乘詩」的這一有力證據，以及《七略》和《漢書・藝文志》都不曾提及任何五言作品的這一更重要的證據，都使人無法把還晚在齊梁之後數十年的徐陵的意見，來作為「新的證據」——因為徐陵並未告訴我們他的這一判斷的任何根據，因此他這一判斷也就只能算是僅屬他個人的一種主觀猜測。

（五）小結——〈十九首〉的真正問題

歸結下來，我們對於〈古詩十九首〉來歷的基本了解，便只能是：

一、〈古詩〉，按照《詩品》記載，直到齊梁之時，可見的共有五十九首，其中有的極好，有的則「頗為總雜」，不甚精彩。

二、〈古詩〉中精彩的，是六朝文學權威們一致賦予最高估價的傑作——晉初詩壇領袖，同時也是以「文賦」而馳名千古的文藝批評權威的陸機，要去摹擬它們；劉宋的王子劉鑠，也要去摹擬它們；中國文學史上的權威選本《文選》及稍後同為馳名選本的《玉台新詠》，要對它們加以大量的收錄；而作為千古文藝批評泰斗的《文心雕龍》與《詩品》，對它們更有「五言之冠冕」和「驚心動魄，可謂幾乎一字千金」、「驚絕」等等的極口讚譽。

三、這些〈古詩〉，起碼為陸機所擬的那最受稱賞的十幾首，應該是在晉陸機之時即已大致寫定，而且是已以〈古詩〉面貌出現了的。

四、這些〈古詩〉的內容，使人不能不去想像它們乃是「兩漢之作」。

五、然而非常奇怪的是：這些應是「兩漢之作」的〈古詩〉，這些為文學權威們所普遍重視、極口稱賞的〈古詩〉，而且，這些在晉初即已以〈古詩〉面貌出現而且已受到大詩人之特別注意的〈古詩〉，卻是完全沒有來歷的奇異作品，它們不但不會為兩漢之交的《七略》和《漢書・藝文志》所提到，而且連僅比陸機早幾十年的建安詩人們也全無任何對這些精彩作品（事實上且正是比他們自己的作品還要精彩得多的偉大作品）特加注意的表示或跡象——這在一般情理上，幾乎是不可能的；因此，這才應該是真正的考據工作所應特別着力的。

六、在齊梁時代，對於這些〈古詩〉的作者，即已有「枚乘」、「傅毅」及「舊疑建安中曹王所製」的這些推測，然而這些推測全與陸機〈擬古詩〉的標題矛盾，枚傅之說更與《七略》、《漢志》的記載矛盾，而且，它們也全與一般文學史發展規則矛盾——〈古詩〉之「佳麗」者，無論在風格表現上還是在藝術成就上，比漢魏詩人的作品大致都要自然得多也成熟得多。因此，要說它們比其他詩人的作品出現得還早，甚至它們即是這些詩人自己的作品但卻反比他們較差的作品為不易流傳，或者，這些詩人竟願把較差的作品傳世而最精彩的反而匿名而不公開（這中間並無任何有干「文網」、「令譽」的內容），全是不可想像的。因此，這些說法也全是不可直接置信的。

二、關於古詩十九首的各種考證

（一）「東漢」與「兩漢」之爭

按照上面的分析，〈古詩十九首〉實是一組離奇透頂的來歷不明的古詩。六朝以來，直至今日為止，凡是治中國文學史的人，幾乎沒有誰是不曾去作過考證功夫的——然而非常遺憾，迄今為止，我們所見的各種考證，幾乎全不是針對上述「在陸機時已是〈古詩〉何以到建安時尚未受人注意」這一疑竇而發的，而且，幾乎也全不是根據「文學史上的文獻」來謹嚴從事的；一般對於〈古詩十九首〉的考證，無非僅在推敲其中有無西漢作品，而且僅不過是根據詩中的某些辭語表現，拼湊作成的一些瑣碎的推敲而已。

這類推敲本身實可說是無甚學術價值，不過由於這是千餘年來的各種主要「考證」的核心，我們自不能不扼要介紹一下。

大致說來，這類「考證」可分兩派，一派是主張十九首全是東漢作品的，一派則是主張同時包括兩漢之作的。

（二）關於〈十九首〉有無西漢之作的討論

這裏可以先看看那些主張〈十九首〉中不應有西漢作品的說法：

一、「西京遺翰，莫見五言」，故〈十九首〉應非西漢作品。（六朝時人說，見前引《文心雕龍》）

二、〈十九首〉中多用「盈」字，如「盈盈樓上女」、「盈盈一水間」、「馨香

盈懷袖」等句，顯然觸犯漢惠帝劉盈之諱，故應非西漢人作。（顧炎武說，見《日知錄》）

三、「促織」之名，不見於《爾雅》、《方言》等書，直到漢末緯書才出現這一名字，而〈十九首〉有「促織鳴東壁」之句，故〈十九首〉必非西漢人作。（徐中舒說，見〈五言詩發生時期的討論〉）

四、西漢只有「代馬」、「飛鳥」對舉的成語，對偶性尚不工切；到東漢才有「胡馬」、「越燕」或者「代馬」、「越鳥」之類比較工穩的對仗，〈十九首〉中亦有「胡馬」「越鳥」這一對偶語，則其非西漢人手筆可知。（同上）

五、洛陽之洛，在西漢人書中多作竹雒。據《魏略》及《博物志》，古陰陽家以為漢於五行屬火，忌水，故改「洛」為「雒」；魏屬土，土得水而柔，所以才又恢復原來「洛」字。據此則洛字應為西漢人所諱，不應用，而〈十九首〉中有「遊戲宛與洛」一語，可知此詩必作於漢魏之間。（胡懷琛說，見〈古詩十九首志疑〉）

上述這些推斷〈十九首〉非西漢之作的「理由」，除第一條而外，其餘的可說全是一些站不住腳的妄議，因此主張〈十九首〉同時包括西漢之作者，對這些「理由」也便早有許多有力的答覆：

一、「盈」字雖觸犯惠帝之諱，但因古人有「臨文不諱」之說，所以西漢詩文用「盈」字者甚多，古直《漢詩研究》便舉出過數十則例證，如賈誼〈陳政事疏〉的「秦王置天下於法令，而怨毒盈於世」，鄒陽〈上吳王書〉的「淮南連山東之俠，死士盈朝」，以及韋孟〈在鄒詩〉的「祁祁我徒，負載盈路」等，都是好例；所以僅憑〈十九首〉中的「盈」字，並不能斷其無西漢之作。

二、「促織」一名雖不見於《爾雅》、《方言》等書，但其他為西漢人所提到過的動植物之名之不見於這些辭典的，當然還多的是，如枚乘〈七發〉之「溷章白鷺」及「蓴蓼」，司馬相如〈上林賦〉之「獑胡」與「蛫」等，而且任何時代的任何辭書，全不可能遍載當時所用的各種語言，尤不可能搜遍各地方言中的各種異稱說法，至於當時著作中是否用過此語，至多也只能證明此語在當時知識分子群中的流行程度，而不能證明在當時（在那些作者的用語習慣之外）是否已有或尚無此語；因此，僅憑「促織」一詞，仍不能推斷〈十九首〉中即無西漢之作。

三、今日確知的西漢著作中的「代馬」「飛鳥」這一對仗，當然不算工切，但這完全不能證明其他工切的對仗，即不可能在當時的其他作者筆下出現，正如我們不能因為戰國時代的人都沒有寫出過像屈原那樣美好的詩，便去「證明」屈原的作品全是偽作一樣。

四、按段玉裁《說文注》：「洛」「雒」本是二水，漢時二名並存，到曹丕要改「雒」為「洛」，才詭稱「雒」乃漢人所改，於是，「自魏人書雒為洛，而人輒改魏以前書籍，故或至數行之內，『雒』『洛』錯出」。這樣一來，漢人著作中的「洛」字，可能是本來即為洛字，也可能是後人的擅改，總之，絕不能因有「洛」字，即以為並非漢人之作——譬如《史記．周本紀贊》兩見「洛邑」，《漢書．游俠列傳》數舉「洛陽」，皆是好例。

上述這些對於「十九首中無西漢作品」之說的駁斥，當然都是很有力的，但這裏面應該正是最有力的一項駁斥理由，卻似乎尚很少為人提到過：就算上面那些「無西漢作品」的說法理由完全成立，也只能得出「十九首中的某幾首應非西漢之作」的部分結論，如果因此即說其他的也「必非西漢之作」，這豈不是「以偏概全」？

豈不形成「結論的誇張」？即此一點，已可說明此類「考證」的胡塗了。

（三）關於〈十九首〉兼有西漢之作的討論

除去上面那些「考證」以外，過去學者們關於〈十九首〉時代的討論，主要便只剩下那些說明〈十九首〉應同時包括「西漢之作」的說法。這些說法的基本內容是：

一、〈十九首〉中應有西漢之作。因為，根據第七首「明月皎夜光，促織鳴東壁。玉衡指孟冬，眾星何歷歷？白露沾野草，時節忽復易。秋蟬鳴樹間，玄鳥逝安適？」這一段話，說明了這整片初秋情景，在節令上卻叫做「孟冬」（初冬），這便表示正是在漢武帝太初元年改曆以前，尚以十月為歲首，因而七、八、九三個月遂被稱為「冬天」之時的說法，因此《昭明文選．李善注》注此詩時便說：「上云促織，下云秋蟬，明是漢之孟冬，非夏之孟冬矣。《漢書》曰：『高祖十月至霸上，故以十月為歲首』（案：《漢書．張蒼傳》原文是：『蒼為計相時，緒正律曆，以高祖十月始至霸上，故因秦時本十月為歲首，不革』）；漢之孟冬，今之七月矣。」又說：「復云秋蟬玄鳥者，此明實候，故以夏正言之。」此外，如第十二首的「迴風動地起，秋草萋已綠。四時更變化，歲暮一何速？」以秋草萋萋之時為「歲暮」，以及第十六首的「凜凜歲云暮，螻蛄夕鳴悲。涼風率已厲，遊子寒無衣。」亦以螻蛄悲鳴、涼風漸厲這種深秋景象為「歲暮」，都可證明這裏「歲暮」乃是漢武帝太初元年以前的歲暮——案：關於此點，也有人根據《史記．天官書》：「斗杓指夕，衡指夜，魁指晨。堯時仲秋夕，斗杓指酉，衡指仲冬」的話，來説明「玉衡指孟冬」正應為夏曆孟秋之季，不過這一説法乃是許多人都不採用的，因為即使此説成立（換句話説，即使「玉衡指孟冬」的作者，真在使用像《史記．天官書》上所説的那種精確的天文律曆術語），仍是不能解釋前引第十二首及第十六首的「歲暮」之辭的。

二、〈十九首〉中也仍有東漢之作。因為，（一）第三首有「驅車策駑馬，遊戲宛與洛。洛中何鬱鬱，冠帶自相索，長衢羅夾巷，王侯多第宅。兩宮遙相望，雙闕百餘尺」一段，這裏面講到了洛陽冠帶，王侯第宅，兩宮雙闕（案：呂延濟注説：「洛陽有南北兩宮，相望七里」），當然已是東漢遷都洛陽之後的説法；（二）第十三首有「驅車上東門，遙望郭北墓，白楊何蕭蕭，松柏夾廣路」一段，這裏，李善在《文選．阮籍詠懷詩》注中引〈河南郡圖經〉説洛陽「東有三門，最北頭曰上東門」，朱存（玉旁）《文選集釋》稱：「上東門乃洛陽之門……長安東面三門，見《水經注》，無上東門之名。」又說：「李善注引《風俗通》曰：『葬於北郭，北首，求諸幽之道也。』案詩所言非泛指，蓋洛陽北門外有邙山，冢墓多在焉。則此即謂北邙山之墓矣。」因此，這也是一首以洛陽為背景的作品；（三）根據第三首〈青青陵上柏〉、第四首〈今日良宴會〉、第十一首〈迴車駕言邁〉、第十三首〈驅車上東門〉、第十四首〈去者日以疏〉、第十五首〈生年不滿百〉等詩，其中所表現的人世無常、不如縱酒放蕩、及時行樂的思想，純是一片亂世之音，所以應該全是東漢桓靈之世以後的作品；（四）第十七首有「孟冬寒氣至，北風何慘慄？愁多知夜長，仰觀眾星列。」一段，這裏的「孟冬」已是「夜長」而且「北風慘慄」的孟冬，換句話說，應該已是太初以後的作品了。

上述這些推斷〈十九首〉中應該同時包括西漢之作的理由，有些是未必站得住腳的：一、「迴風動地起，秋草萋已綠，四時更變化，歲暮一何速？」其中「歲暮」之上既有「四時更變化」一語，即未必定指「秋草萋已綠」的同時；二、〈驅車上東門〉雖詠洛陽，但未必定即東漢人之作，因為西漢人也照樣是可詠洛陽的——洛陽自東周起即已久為首都，在西漢也是第一繁盛的商業都市，所以漢初大臣攻訐賈誼的主要藉口，便是說他是「洛陽少年」，亦即「大都市出身的小流氓」，則洛陽之可入詩篇，即在西漢初年也應是絕不出奇的事；三、〈十九首〉那些亂世語調，絲毫不能說明其即是桓靈以後之作，因為悲觀厭世的思想幾乎在任何時代都可以自然出現，像司馬遷《史記》在〈伯夷叔齊列傳〉和〈屈原賈誼列傳〉中的那些牢騷，以及賈誼賦中那些感傷之語，其韻調便與上述〈十九首〉中那些「亂世情調」幾乎如出一轍；四、即使〈孟冬寒氣至〉一詩可以推斷為太初以後之作，但這與其是否為東漢之作，顯然是毫不相干——因此，這類「考證」，實是一些無謂的資料遊戲。

不過，雖然上述那些「理由」全站不住腳，但其中最主要的那兩點則是大致可信的：一、根據西漢初年曆法，來證明若干詩句中的「孟冬」「歲暮」，乃是太初以前的人的用語。

二、根據洛陽的冠帶相索、王侯第宅、兩宮雙闕之辭，來證明此詩已是東漢之作。

上面這兩點，應該都是不錯的。因此，所謂「比采而推，兩漢之作」「推其文體，固是炎漢之製」的說法，大致也是比較最有力的。

（四）真正的考證工作與資料遊戲

到此為止，我們只不過是在一面介紹上面這些「考證」，一面根據它們的本身立場來略作批評，說明它們之中那些說法為比較有力，那些說法則是絕不可取的；至於這些說法（同時包括「比較有力的」與「絕不可取的」）之全面的基本弱點，則在上面的各段批評中還根本不曾提到：這些「考證」，全不是正面的積極的真正考證，而只是一些旁敲側擊的、其基本出發點便已極不可靠的懸揣之詞；因此，無論這種懸揣的功夫作得如何精細完整，近理近情，其不能解決問題，仍然與那些疏漏之說並無二致。

一般說來，任何有關「文獻問題」的考證，不論這是關於某一作品的作者時代還是版本校勘，真正可靠的辦法，只能是根據可靠的文獻本身對於此一作品之直接的收錄、引證與記述——這種直接的收錄、引證與記述，如果「語焉不詳」，則我們便只好「多聞闕疑」，只好讓它「不詳」，而不可能去也不必要去「強不知以為知」，根本毋需再作任何更多的懸揣，正如我們知道《論語》是孔子門弟子所記，既無更多可靠的資料可循，我們便不必再去猜測那些段落是那些門弟子所記的一樣。這裏，只有在「可靠的文獻」與其他「可靠的文獻」之間，或者與我們所了解的整個歷史事實之間，產生了無可調和的矛盾時，我們才不能不勉強去作些懸揣功夫，設想出一種或一些可以解決此類矛盾的假設，這才是真正的所謂考據工作；而這一工作之最基本的條件，便是一切想像，都必須儘可能地從「直接可靠的材料依據」出發，它們不應該再以其他的想像與假設為依據，它們不應該再是想像之中的想像或假設之上的假設。

然而，像上面所舉的那些關於〈十九首〉的「考證」，其基本的表現，可說全是在從〈十九首〉的某些用語習慣與詞語內容出發，去推敲它們作者的可能時代，這裏面便已先認定了兩大假設：一、〈十九首〉的作者全在按照他們的自然用語習慣來作詩，而無任何可能的矯揉造作；二、我們現在能看見的（亦即大致相當於南朝時人所能看見的）〈十九首〉的整個面目，絕對便是「十九首的作者」當初寫下的作品的本來面目，而無任何後人的改竄——這兩種假設，可說正是兩種絕不可信的膽大無比的假設：

一、在中國文獻史上，後人「擬古」的作品固然是多不勝數，而後人偽託為古人著作的偽作同樣地也是多不勝數。「擬古」當然要摹倣古人的聲口，偽作尤其要摹倣古人的聲口，則我們又如何能僅憑某一作品中的某些用語習慣與詞語內容，便認為這一作品應該即是某一時代之作？民國初年國會閉會詞有「於鑠國會，遵晦時休」之語，這是摹擬《書經》語調的話，難道我們便能「考證」它作於周代？才去世不久的現代詞曲大師盧冀野先生，其詩集便叫做《盧參政詩》（案盧氏曾為國民政府抗戰時期所設「國民參政會」的參政員），難道我們便能僅憑「參政」這個官名，而「考證」出盧冀野不是民國的人物？

二、在中國文獻史上，古人的作品在長期傳鈔翻刻之中，經後人「踵事增華」地加上一些後世的內容者，固然是多不勝數，經後人有意無意地改變了一些詞語說法者，尤其是多不勝數，這在古人作品之經過長期傳鈔最後才被寫定的情形下，更是「不在話下」之舉，則我們又如何能僅憑某一作品中的某些用語習慣與詞語內容，便認為這一作品的原本絕非某一時代以前之作？我們既不能因《中庸》中有「今天下車同軌，書同文，行同倫」與「華嶽」等詞，便判斷《中庸》絕不出自先秦，不能因《木蘭詩》中有「萬里赴戎機，關山度若飛，朔氣傳金柝，寒光照鐵衣，將軍百戰死，壯士十年歸」幾句「唐人詩調」，便判斷它絕不出自盛唐之前，也不能因《紅樓夢》後四十回的某些用語，便判斷整部《紅樓夢》都絕不出自高鶚以前的曹雪芹之手，則上述那些關於〈十九首〉的「考證」，又怎不可說是全部廢話？

因此，關於〈十九首〉的過去的各種考證，那些只知根據個別的字眼說法，來推斷它們之「絕非西漢人作」或「定是東漢人作」的各種議論，在希望真正解決問題的嚴格考據尺度下，可說全是無甚意義的。

三、關於〈十九首〉的核心疑難與解答

（一）〈十九首〉來歷之各種已有的推想

現在，撇開上面那些無謂的考證，我們不妨在此對〈十九首〉的來源問題，從事一些比較合理的推敲。（案：考證工作的根據雖應確實，但結論則往往只能是「可能的猜測」，亦即一些「通達的解釋」，所以「推敲」絕不可免。）

如前所述，今日可見的〈十九首〉的大致定本，至遲應該即是在晉初陸機〈擬古詩〉之前即已寫定（其實這還可上推到阮籍的正始時代，詳另文），而且即已以〈古詩〉面貌出現了的；同時，〈十九首〉乃是後世的文士學士們普遍視為絕頂精彩的；然而，這一組絕頂精彩的〈古詩〉，卻是不但不為《七略》、《漢志》所收錄，而且乃是連僅比陸機早幾十年的建安詩人們都不曾加以注意的——這幾點合起來，便使後人們對它們的產生時代無從定論，彷彿任何推想全有無可解釋的漏洞：

甲、「兩漢無名氏」說

第一種假定，也是至今普遍流行的假定，是說〈十九首〉為兩漢的某些無名氏之作。這裏的絕對無從避免的問題是：這些精彩的作品，且不說《漢志》不錄，為甚麼連建安詩人們都不曾對它們加以注意，而要等到（最早阮籍、最遲則是）陸機時代才為世所重呢？建安的文風在曹操父子兄弟的提倡下，比晉初要隆盛得多，曹氏父子兄弟的詩文造詣，在中國文學史上也比陸機要崇高得多，為甚麼陸機可以「發現」的，在建安時代反而沒沒無聞，陸機懂得重視的，曹氏父子兄弟反而不會去重視呢？這在情理上，顯是很難想像的。

乙、枚乘、傅毅、張衡、蔡邕說

第二種假定，也是最早的假定，是說〈十九首〉是西漢名家枚乘、傅毅之作（明代王世貞在《藝苑卮言》中，更有「意者中間雜有枚生或張衡蔡邕作，未可知」的猜測）。這一假定，除去完全具有上述第一種假定所含的困難外，還另有一些更多的困難：為甚麼這些作品不能把它們的鼎鼎大名的作者的名字一起傳下來呢？要說是「失傳」的話，名家的作品為甚麼會是作品不失傳而獨獨作者的名字（那些為大家早已熟悉的名字）反倒失傳呢？要說是「匿名」或「漫不經心，未曾署名」的話，為甚麼作者對於這些比自己署名之作可能還要精彩的作品，竟要去匿名或不署名呢？——這些作品既不觸犯「文網」，也不有損「清譽」（譬如張衡〈四愁詩〉及蔡邕〈飲馬長城窟行〉，便全是一些男女思慕之詞），而無端端地竟不願去署名，這也是不可思議的。

丙、曹植王粲說

第三種假定，亦即《詩品》所述的「舊疑建安中曹王所製」那一句話，是說過去有人猜測〈十九首〉乃是曹植王粲等人的作品。這一假定，可以解釋〈十九首〉在晉初陸機之前（乃至魏末阮籍之前）何以不曾被人注意的這一問題（因為它們既不在曹王詩集之中，自然表示這是曹王匿名或不署名的作品，他們自己固然不會去提這些詩，同時「無名氏」的作品也很難立刻傳開，甚至曹王生前並未公之於世，因而其他的詩人也不曾注意到），但這種假定又不免產生下列的困惑：〈十九首〉的風格比曹王等人的詩大致都要來得平易淡遠得多，〈十九首〉的藝術成就也比曹王等人的大部詩作也都要來得醇厚圓熟得多，為甚麼同一作者的詩，不但風格相差如此之遠，而且還要特別對最精彩最成熟的作品隱去己名，只讓其餘較差的作品來以己名公之於世呢？這裏同樣是既無「文網」問題，也無「清譽」問題（曹操當時正是「求才不問品格」的倡導者），因此同樣地仍是不可思議。

（二）〈十九首〉之為「古詞新編」的可能

上面這些問題，彷佛整個匯為一團無從化解的濃霧，使〈十九首〉的來源問題變成了一個千古疑案——其實這團濃霧仍是可能化解的，這一疑案仍是並非絕對不可解答的，因為，至少至少，我們還可以找到下面這一在理論上絕對可能的設想：「十九首並非一人一時之作」——這裏的意思是：〈十九首〉的每一首都並非一人一時之作，它們全可能是某一意義的「集體創作」，更精確地說，它們應該全是在初創之後，甚至是在經歷了某些由輾轉流傳而形成的自然變形之後，再經過了某等高手的加工，經過了特別用心的整理、刪訂與潤飾，最後才寫成了今日這樣的形式的。

甲、疑難的會通——「集體創作」的多重性格

這一設想在理論上是絕對可能的，也是幾乎唯一能同時解答上述各種疑難的：一、它們是「兩漢之作」，是〈古詩〉，因為它們的原始內容與本來的雛型，乃是在兩漢即已出現了的，所以陸機時代的一般了解中之並非「曹王所製」；二、它們雖

是「兩漢之作」，但其最後的形式乃是經過了漢魏之際名家的加工的，它們的本來面目必然不如加工以後那樣精彩，因此它們在過去不曾為《漢志》及東漢詩人等所注意，但卻可以獲得加工以後的晉初（乃至魏末）詩人們的重視；三、加工者不能把它們視為自己的作品，但在經過加工以後，它們卻可以比加工者自己的若干創作還要精彩——在中外文學史上，「改編」出來的作品之可能高明過改編者自己的創作，乃是一種累見不鮮的現象，羅貫中根據劉宋裴松之《三國志注》所引的二百多種野史雜記，再加上六朝傳說、唐宋說書、金元雜劇，特別是元《三國志平話》所改編出來的《三國演義》，不但比所根據的那些原始材料都要精彩得多，而且也比他自己真正創作的《粉粧樓》、《三遂平妖傳》之類都要精彩百倍，即是好例。

乙、文藝加工的類例——《九歌》與〈竹枝詞〉

這一「在理論上」絕對可能的設想，在實際上有沒有同類的事例呢？有的。第一個著名的先例，即是屈原的《九歌》：王逸說：「昔楚南郢之邑，沅湘之間，其俗信鬼而好祀，其祀必作歌樂鼓舞以樂諸神。屈原放逐，竄伏其域，懷憂苦毒，愁思沸鬱，見俗人祭祀歌詞鄙陋，因作九歌之曲。」朱熹說：「蠻荊陋俗，詞既鄙俚，而其陰陽人鬼之間，又不能無褻幸慢荒淫之雜，原既放逐，見而感之，故為更定其詞，去其泰甚。」所以《九歌》本是沅湘俗歌的加工之作。第二個也很有名的稍晚的事例，即是唐代劉禹錫的〈竹枝詞〉：《樂府詩集》說：「〈竹枝〉本出於巴渝，唐貞元中，劉禹錫在沅湘，以里歌鄙陋，乃依騷人《九歌》，作〈竹枝〉新詞九章，教里中兒歌之，由是盛於貞元元和之間。」所以像劉禹錫那樣雅馴的〈竹枝詞〉，也本是鄙陋民歌的加工之作。

丙、「樂府」的加工需要——「漢曲訛不可辨」

現在我們再看：上面這一「十九首乃是古詞新編」的設想，有沒有任何史料佐證呢？據我今日所知（我並不專門研究中國文學，因此我所看過而且記得的有關資料並不太多，我希望今後我自己或者別人能有更多的補充），起碼間接的證據是有的，這便是曹植所講的一句話：「漢曲訛不可辨」——曹氏父子全是音樂的行家，漢曲到了連曹植都認為是「訛不可辨」的時候，那顯然也就是需加重新整理的時候了；以曹氏父子那股熱愛音樂詩歌而且特別獎崇文藝活動的作風，則在建安黃初期間去重訂漢曲乃是極其自然的；而中國「樂府」的整理工作之必然會是對於樂曲與樂詞的同時重訂，則更是史不絕書的。

（三）〈十九首〉之為「古詞新編」的佐證

假定上述設想不錯，漢曲在漢魏之際經過了一番整理工作（這裏，且先假定整理者不必定是曹氏父子及建安七子等人，因為約略同時的那位大詩人蔡邕，也正是「妙操音律，善鼓琴」的），是否〈十九首〉即是這一整理的部分成果呢？——非常可能是，因為我們在〈十九首〉本身及其有關資料中，可以找到好幾點「整理」的證據：

甲、直接的證據——〈西門行〉與〈傷歌行〉

這是最重要的證據——我們在今日尚存的漢樂府之中，便能發現兩篇極像〈十九首〉前身的作品：

一、漢樂府瑟調曲中，有一首〈西門行〉，其全文是：「出西門，步念之，今日不作樂，當待何時？夫為樂，為樂當及時，何能坐愁怫鬱，當復待來茲。飲醇酒，炙肥牛，請呼心所歡，何用解愁憂。人生不滿百，常懷千歲憂，晝短苦夜長，何不秉燭遊？自非仙人王子喬，計會壽命難與期；自非仙人王子喬，計會壽命難與期。人壽非金石，年命安可期，貪財愛惜費，但為後世嗤。」而〈十九首〉第十五的全文則是：「生年不滿百，常懷千歲憂，晝短苦夜長，何不秉燭遊。為樂當及時，何能待來茲。愚者愛惜費，但為後世嗤，仙人王子喬，難可與等期。」二者相較，後者的表達比前者整齊暢達，而內容則幾乎絲毫無所增損，因此顯然是根據前者整理而成的。

二、漢樂府雜曲歌辭中，又有一首〈傷歌行〉，其全文是：「昭昭素明月，輝光燭我床，憂人不能寐，耿耿夜何長，微風吹閨闥，羅帷自飄揚，攬衣曳長帶，屣履下高堂，東西安所之，徘徊以徬徨，春鳥翻南飛，翩翩獨翺翔，悲聲命儔匹，哀鳴傷我腸，感物懷所思，泣涕忽沾裳，佇立吐高吟，舒憤訴穹蒼。」而〈十九首〉第十九的全文則是：「明月何皎皎，照我羅床幃，憂愁不能寐，攬衣起徘徊。客行雖云樂，不如早旋歸。出戶獨徬徨，愁思當告誰。引領還入房，淚下沾裳衣。」二者相較，後者顯然精簡許多：前者的「輝光燭我床」與「微風吹閨闥，羅帷自飄揚」在後者中歛為「照我羅床幃」一句，前者的「憂人不能寐，耿耿夜何長」，歛為「憂愁不能寐」一句，前者的「攬衣曳長帶，屣履下高堂」歛為「攬衣起徘徊」一句，前者的「東西安所之，徘徊以徬徨」歛為「出戶獨徬徨」一句，前者的「佇立吐高吟，舒憤訴穹蒼」歛並改為「愁思當告誰」一句；此外，「春鳥翻南飛，翩翩獨翺翔，悲聲命儔匹，哀鳴傷我腸」這四句既囉嗦又無個性、而且還有點奇怪（「獨翶翔」卻又在「命儔匹」）的抒情之詞，則改成了「客行雖云樂，不如早旋歸」兩句，以交待這整片「憂愁」的內容，而免通首成為無病呻吟的廢話，「感物懷所思，泣涕忽沾裳」兩句，則改為「引領還入房，淚下沾裳衣」這一完整的結語，而免全詩成為有頭無尾戛然而止的斷章。因此，後者也顯然是刪訂前者而成的刻意加工之作。

案：上面這兩個例子，可以視為〈十九首〉乃古樂府加工之作的最強有力的直接證據，第一個例子所表現的這種「加工」關係，早在清初即已為朱彝尊的〈玉臺新詠跋〉所提出，不過朱氏的假定則是〈十九首〉這一加工工作，乃是昭明太子左右的那群文選樓學士們所作的，這顯然忽略了陸機等之早有擬作，更忽略了正當《昭明文選》編纂時代的劉勰鍾嶸，也全在說明〈古詩〉久為來歷不明之作的這一事實。因此，朱氏此說一直未曾受到其應受的注意，即使注意到的，也只是莫名其妙地去隨意否定它——清代錢大昕便駁它說：「或又疑『生年不滿百』一篇檃括古樂府而成之，非漢人之作，是猶讀魏武〈短歌行〉而疑〈鹿鳴〉之出於是也；豈其然哉？」今人隋樹森在《古詩十九首集釋：考證》中也說：「據我們以理推測，樂府與詩有相同的地方，總是樂府在後，因為詩可入樂的。詩入樂而不合節奏，於是乃加以增損。如《楚辭》有〈山鬼〉篇，《宋書．樂志》便有增減其字句而作成的〈今有人〉；曹植的〈七哀詩〉，《宋書．樂志》也有增加其字句而作成的〈明月篇〉；這都足證樂府中有改易他詩字句而成者。〈西門行〉當然也與此情形相同，是改易古詩而成的。」這種任意抹煞有力證據以遷就自己主觀成見的說法，必須加以駁正。

按照錢大昕的意思，僅僅部分字句相同，並不能夠證明孰後孰先，但這裏的問題是：上述例證並不僅是部分字句相同；按照隋樹森的意思，詩句入樂必會增加若干（等如後世元曲的）「襯字」以便演唱，故應是「樂府在後」，但這裏的問題是：上述例證中「樂府」與〈古詩〉的關係，並不只是像「增加襯字（頂多再減掉少數虛字）」這樣簡單——在中國文學史上，「樂府」之早於「五言詩」已是眾所公認的定論，此點且先不提，即就這一問題本身來看，（一）在上述例證之中，〈古詩〉與「樂府」之通篇詩句的次序排列截然不同，這便表示它們的關係絕不僅是由「入樂」而造成部分字句的增損，而是一種徹底的改寫；（二）這一改寫的表現是：「樂府」的字句錯落而〈古詩〉則絕對整齊，「樂府」的描寫囉嗦而〈古詩〉則高度簡潔，「樂府」的意境俚俗而〈古詩〉

則極見工雅，「樂府」的結構凌亂殘破而〈古詩〉則異常順暢綿密，因此，要說是先有整齊、簡潔、俚俗、順暢、綿密的〈古詩〉，然後再因「入樂」而改成了錯落、囉嗦、俚俗、凌亂、殘破的「樂府」，這不僅毫無前例可言，而且根本便是違反常識，不可想像的。

乙、間接的證據——奇異的風格，駁雜的水準，汎濫的套語

除去上面那兩條直接證據而外，另外還有許多跡象，也都顯示〈十九首〉極可能是《古樂府》的改編：

（一）從〈十九首〉的風格內容看來，即有許多改編的痕跡：

子、在〈十九首〉中，有許多其整篇內容顯然矛盾難解之作。例如：第一首前面的「行行重行行，與君生別離」似是遊子之語，後面的「浮雲蔽白日，遊子不顧返」又忽然轉成了思婦之詞，前面的「胡馬依北風，越鳥巢南枝」似是遊子正欲歸不得，後面的「浮雲蔽白日，遊子不顧返」又忽然變成了在責備遊子樂不思歸（大概正因有這種矛盾，所以宋嚴羽《滄浪詩話》才有假託《玉臺新詠》，以「越鳥巢南枝」以下為另作一首之說）；又，第五首通首在講高樓上絃歌甚苦，結語卻是「願

為雙鴻鵠，奮翅起高飛」，忽然摻入了作者的感情，暗示了作者與絃歌者似有某種愛情關係，顯得非常突兀費解；又，前面提過第七首既講「玉衡指孟冬」又講「秋蟬鳴樹間」，同時使用兩種曆法，亦甚奇怪；又，第八首既講「與君為新婚」「千里遠結婚」，又講「思君令人老，軒車來何遲」，使得前人除把「新婚」、「結婚」勉強釋為「只是媒妁成言之始」外，便再也無法解釋；又，第十二首既講「蕩滌放情志，何為自結束？燕趙多佳人，美者顏如玉」，這顯然表示的是想去縱情聲色一番，其所謂「佳人」顯為倡女而非某一特定的苦戀對象，然而後面卻是「思為雙飛燕，啣泥巢君屋」，則這「佳人」宛然又成為「全心全意想去親近卻又無法辦到」的獨特的心上人了（大概因此張鳳翼《文選纂注》才有「燕趙」以下應另為一首之說）——這一大堆顯然錯落矛盾的表現，顯然並無其他特殊用意，只能算是作品的瑕疵的，居然夾雜在此種「可謂一字千金」的絕世傑作中間，在一般常理中委實是一種不可思議的現象；這種現象，除了設想它們乃是改編之作，因而可能殘存若干原作本來便有的粗糙，或者因改編潤飾而造成若干無意的疏漏或改編者情緒的特殊干擾而外，恐怕便很難有其他更近情理的解釋。

丑、〈十九首〉的情感醇度及表現技巧都極為圓熟，藝術造詣極高，然而其中絕大部分的內容，則盡是一些毫無個性的「最普遍」亦即最抽象的情感，這種空洞透明到絲毫不見作者個人性格身世等等特徵的抒情方式，在「藝術造詣極高」的高手作品中是極難發現的，除了假定其本身為眾口所唱的歌詞（因而其中感情往往無甚個性，只是某些極其平凡空洞的喜怒哀樂），然後再經過高手的潤色（因而獲得了高度的藝術性）而外，也很難再作其他洽切的想像。

寅、〈十九首〉中雷同的句子極多，如「青青河畔草」與「青青陵上柏」，「願為雙鴻鵠」與「願為雙飛燕」「明月皎夜光」與「明月何皎皎」，「明月何皎皎」與「眾星何歷歷」，「纖纖出素手」與「纖纖擢素手」，「人生非金石，豈能長壽考」與「人生忽如寄，壽無金石固」，再與「人生寄一世，奄忽若飆塵」以至「奄忽隨物化」，「白楊何蕭蕭」與「白楊多悲風，蕭蕭愁殺人」，另如「思君令人老」兩見，「音響一何悲」兩見，「客從遠方來，遺我一端綺」亦兩見，這種情況，亦是在高手作品中很難見到，而在「樂府歌詞」中則毫不出奇的。

（二）從〈十九首〉的有關資料去推想，它們的本來面目也非常可能便是過去的「樂府」：

子、根據《詩品》所說，〈古詩〉在南朝時共有「五十九首」，絕大部分都「頗為總雜」，亦即仍以不甚精彩者居多（《文心雕龍》的「古詩佳麗，或稱枚叔」數語，亦表示的是除今日可見的〈十九首〉而外，其餘並不「佳麗」）；再根據我們今日所知的最早的「樂府」集是陳人智匠所編的《古今樂錄》，我們今日可見的最古的「樂府」集是宋郭茂倩所編的《樂府詩集》，《古今樂錄》今日雖已失傳，但乃是郭茂倩所尚見過而且作為其所編《樂府詩集》之重要根據的。現在，「古詩五十九首」中除現存為《昭明文選》所選的這〈十九首〉之外，其餘四十首全已失傳而不載《樂府詩集》之中，這表示它們如果不是在陳朝即已迅速失傳，大概即是在《古今樂錄》中並未入選，不然便是後來不為《樂府詩集》所選。總之，無論是那一種情形，全表示的是它們之不精彩，甚至還比不上今日可見的其他那些甚不高明的「樂府詩」——基於上面這一分析，可知「古詩五十九首」中既有「驚心動魄」、「一字千金」之作，也有更多連其他頗差的「樂府詩」都比不上的拙劣之作，因此，它們顯然是程度不齊的許多作者們之造詣水準相差極遠的作品總集；這種「作品總集」之能出現，除去它們「本來便是樂府」這一假定而外，恐怕是很難解釋的——因為，如果本來不是「樂府」，則這一「總集」即必須出自文人的有意編纂，而在刊刻不易的古代，特別是在根本尚無「文學史料彙編」之類概念的古代，居然會有文人肯把一大堆拙劣的無名氏之作特意加以編纂刊行乃至傳鈔，這也是不可思議的事。

丑、我們可以在今存《古樂府》中找到許多與〈十九首〉相似的句子，如〈長歌行〉的「青青園中葵」近似「青青河畔草」，〈相逢行〉的「中庭生桂樹」近似「庭中有奇樹」，〈隴西行〉的「桂樹夾道生」近似「松柏夾廣路」，〈淮南王篇〉的「願化雙黃鵠，還故鄉」亦近似「願為雙鴻鵠，奮翅起高飛」，〈古歌〉的「秋風蕭蕭愁殺人」近似「白楊多悲風，蕭蕭愁殺人」，其「離家日趨遠，衣帶日趨緩」則近似「相去日已遠，衣帶日已緩」——這類近似的句子，也可表示〈十九首〉(如非後世文人的「樂府」擬作，則必是)本為「樂府詩」，因為「樂府」即是漢代的流行歌詞，流行歌詞往往會彼此襲用，所以「樂府歌詞」也往往是彼此襲用。

寅、我們還可以在特以吸收「樂府」知名的曹植兄弟叔姪詩中，找出若干近似〈十九首〉的句子：如曹丕〈雜詩〉的「漫漫秋夜長，烈烈北風涼，輾轉不能寐，披衣起彷徨。彷徨忽已久，白露沾我裳」、「孤雁獨南翔」、「斷絕我中腸」，即與前引「明月何皎皎」前身的〈傷歌行〉極為接近；曹植〈棄婦篇〉的「反側不能寐，逍遙於前庭；踟躕還入房，肅肅帷幕聲」及「慷慨有餘音」，即與〈傷歌行〉及「慷慨有餘哀」近似，〈送應氏詩〉的「山川阻且遠，別促會日長。願為比翼鳥，施翮起高翔」，即與「道路阻且長，會面安可知」、「願為雙鴻鵠，奮翅起高飛」近似，〈雜詩〉的「去去莫復道，沈憂令人老」即與「棄捐勿復道」、「思君令人老」近似，〈七哀詩〉的「明月照高樓，流光正徘徊。上有愁思婦，悲歎有餘哀。借問歎者誰，言是宕子妻」，即與「西北有高樓，上與浮雲齊……上有絃歌聲，音響一何悲？誰能為此曲，無乃杞梁妻？」近似；此外，魏明帝曹叡〈種瓜篇〉的「與君為新婚，瓜葛相結連；寄託不肖軀，有如倚太山。兔絲無根株，蔓延自登緣」更與「冉冉孤生竹，結根泰山阿；與君為新婚，兔絲附女蘿」接近，這也可以視為〈十九首〉前身本是「樂府」的一證——這裏必須立刻聲明，上述例證，大概很不可能反過來用為「十九首早在漢代業已出現」的例證，因為，如果曹氏兄弟摹擬的不是〈十九首〉之錯落的前身，而正是〈十九首〉本身的話，則不僅他們摹擬的句子應該不只這麼一點點，而且建安文人們的摹擬之句也應該所在多有才是；但是，除去孔融〈雜詩〉的「孤墳在西北，常念君來遲；褰裳上墟丘，但見蒿與薇」具有「思君令人老，軒車來何遲」及「出郭門直視，但見丘與墳」的氣息，劉楨〈贈從弟〉的「汎汎東流水，磷磷水中石」「亭亭山上松，瑟瑟谷中風」近似「青青陵上柏、磊磊澗中石」，徐幹〈雜詩〉的「徙倚徒相思」、「君獨無返期」近似「徙倚懷感傷」、「遊子不顧返」，以及應瑒〈侍五官中郎將建章台集〉的「朝雁鳴雲中，音響一何哀？問子遊何鄉，戢翼正徘徊」帶有「音響一何悲」、「中曲正徘徊」色調等少數例子外，在一般「建安七子」詩作中，似乎尚難發現更顯著的摹擬跡象，而這種零詞片句的摹倣（所倣主要只是〈行行重行行〉、〈西北有高樓〉、〈冉冉孤生竹〉、〈明月何皎皎〉這四首），與後來阮籍〈詠懷〉對〈十九首〉的顯著模仿，乃至與陸機的明白「擬古」相較，都顯然不能並為一談；因此，僅憑建安詩人們這一點點摹擬，可以使我們去推想漢代已有這些「樂府」，卻絕對不足使我們去推想漢代已有今日所見的這樣成熟精粹的〈十九首〉。

卯、我們還可以從陸機的擬古諸作中，協助推想〈十九首〉之本為樂府。按照古直〈古詩十九首辯證餘錄〉所說，陸機的〈擬吳趨行〉之所擬，依崔豹〈古今注〉的「〈吳趨曲〉，吳人以歌其地」之言，應該便是《漢志》所記的〈吳歌詩〉，〈擬齊謳行〉之所擬，依《樂府解題》的「〈齊謳行〉，齊人以歌其地」之言，應該便是《漢志》所記的〈齊歌詩〉，〈擬中山孺子妾歌〉之所擬，更應該便是《漢志》所記的〈詔賜中山靖王子噲及孺子妾歌〉——這表示的是：陸機擬古諸作，所擬多屬漢「樂府」，則〈十九首〉在陸機擬作當時，雖然已非原有「樂府」面目，但陸機卻很可能便是因為它們前身本為樂府，所以仍把它們視如古代樂府來擬的。

辰、最後，我們還可以從一首有名的「古樂府詩」那裏，獲得一些更多的推想資料：「青青河邊草，綿綿思遠道。遠道不可思，宿昔夢見之。夢見在我傍，忽覺在他鄉。他鄉各異縣，輾轉不可見。枯桑知天風，海水知天寒，入門各自媚，誰肯相為言？客從遠方來，遺我雙鯉魚，呼童烹鯉魚，中有尺素書；長跪讀素書，書中竟何如？上有加餐食，下有長相憶。」這是一首其風格神采都與〈十九首〉異常接近的平易淺顯而又纏綿宛曲之詞，而且不止風格接近，其中若干句子根本便是〈十九首〉中句子的變形，如「青青河畔草」之與「青青河邊草」，「客從遠方來，遺我雙鯉魚」之與「客從遠方來，遺我一書札」，「上有加餐食，下有長相憶」之與「上言長相思，下言久離別」及「努力加餐飯」等皆是；這一首詩的作者，既標明為漢末大詩人蔡邕，又另標為《古辭》，這一暗示的意味乃是極為深長的——這一作者雙包案，在歷史上似乎沒有人去作過真正的考辨，大家都就這樣不求甚解地同時接受了下來，則二說當然都應有其可資取信之處（這首詩純是漢樂府體裁，與蔡邕其他詩作的意韻都截然不同，因此自可設想其為《古辭》，但正因如此，它之能夠列入蔡邕集中的原因，也就非常不像是一般偽作之出自編集的錯誤或由於後人的偽託，從而極可能是確與蔡邕此人具有某種關係的作品），而這二說之可以並行不悖，其唯一的解釋，恐怕便只有「古辭而經蔡邕編訂者」這一設想，由於蔡邕「妙解音律」，這一設想應該不算過分大膽；而如果上述設想不錯，則這一事例，便不僅是「漢樂府中有曾由文人加工者」的一證，同時也可視為「（與此詩句子多所雷同的）十九首本為漢樂府」的一證了。

（四）「十九首前身」諸作的失傳問題

經過上面這些分析，〈十九首〉之極可能為「漢曲改編」之作，起碼在理論上已可算作一種絕不勉強的想像；這裏可能剩下的一個問題，大概即是「何以作為十九首原本的那些樂府，絕大多數都不可見」的這一問題了。

這一問題的解答是相當簡單的：

首先，「無名氏」的作品在古代本來便極易失傳，「無名氏」的作品之不佳者在古代尤易失傳，我們今日可見的《漢樂府》乃是遲至陳朝智匠的《古今樂錄》才有較詳收錄的，則其不為《昭明文選》之類典籍所收的較差之作之極易失傳，更是彰彰明甚的事；既然連〈古詩五十九首〉中那不為《昭明文選》所收的整四十首都可以全部失傳，何況本為它們之粗糙前身的本來的「樂府」？

其以，更重要的，在學術文化領域之中，有一條與經濟學上的「劣幣驅逐良幣」定律剛好相反的定律：「佳作取代劣作」——無論是學術思想還是文藝創作，只要有了問題相同或者內容相近的不止一個說法或作品，則大家願意去了解欣賞的當然是較好的那一個，因而其餘的都無可避免地會逐漸為世人所遺忘；蘇東坡的〈洞仙歌〉本是根據五代蜀主昶孟的詩改編的，然而後人讀蘇詞者絕大多數全不要特別去記孟昶的原詩，即是好例。〈十九首〉與其前身的命運當然更應該不會例外。

刊《知識生活》總第十九、二十期，一九六四年六月三十日

蕭輝楷先生談詩的音樂性

問：蕭先生在以前的《知識生活》曾經發表過詩作，為甚麼近月來卻不見蕭先生的作品發表呢？

答：我本來不是專寫新詩的，事實上我所寫舊詩的數量，比新詩多好多倍，近年來由於工作忙碌，新舊詩的創作卻放棄了。不過對於詩，我仍保留着我自己的看法。我一向強調的，就是詩必須以最精煉，最具音樂性（節奏）的語言來表現。五四以來因為有所謂「散文詩」、「自由詩」的輸入，大家便一窩風去寫那些分行的散文，說自己擺脫舊詩格律的手鐐腳鐐，而其實詩如果沒有了音樂，不過是意象比較濃密的散文罷了，於是聞一多等一班人便起來提倡格律詩了，聞氏說：「詩人必須能穿起手鐐腳鐐來跳舞。」（大意），聞氏等輸入西洋的商籟體的嘗試雖不算成功，也不能為新詩的音樂性找到一條出路，但對於詩底音樂性的重要的再提出以矯時弊的功勞卻是不可抹殺的。他以後的卞之琳，何其芳等便因此而注意於新詩音樂性的探討了。大陸變色後初年出版的《文學評論》雜誌，仍有何、卞及朱光濳等人參與討論的新詩格律問題的專輯呢！

問：新詩的音樂性確是新詩創作之中一個極為困難的問題，雖經過幾十年的嘗試，仍然未走出一條平坦的道路來。關於新詩的音樂性的問題，有人主張模倣舊詩創造一種新的格律，又有人主張模倣民歌的節奏，更有人主張把西洋詩的格律輸入中國，蕭先生以為那一條路比較可行呢？

答：新詩與舊詩的不同主要是新詩創作的媒介是白話，舊詩用文言，白話和文言有着兩種不同的語法系統，因此舊詩固定的格律模式，無法適應白話文流動而複雜的語法，我想模倣舊詩創造一種新的格律來這條路是行不通的。至於說模仿民歌的形式，在大陸有某一時期為湊合其政治觀點，曾大事提倡，但民歌的形式其實和舊詩相去不遠，而且歌是要來唱的，其音樂強調得過分，如果拿詩去模倣音樂，那結果又必會做成另一種偏差，通常一首歌是宜唱不宜讀，唱起來很有味，讀起來便淡淡然，所以模倣民歌也行不通。至於把西洋詩的格律輸入中國，則更屬無稽，因為西洋的文字系統、語法系統都和中國的相距甚遠，怎樣模倣得來？我們也許可以模倣西洋詩某些壓韻方式，但如頭韻、諧母音、諧子音，陰韻、陽韻，隣韻等卻模倣不來。我想沒有人能指出一條新詩的道路來，只有不斷去從事嘗試罷了，終有一天創造出一首音律美妙的作品來，那時道路才在我們面前展開。我自己也曾作過各方面的嘗試，但都沒有成功。我在編《友聯活頁文選》時曾把〈木蘭詩〉語譯，那時我嘗試用不同的語法來翻譯，例如「萬里赴戎機，關山度若飛。」二句我是溶和了文言和白話的語法譯出來的：

戰略的需要，促征人萬里進軍——
關外有關，山外有山，大地在蹄下奔騰。

但在譯某些親切的說話如「開我東閣門，坐我西間床」時我又把它譯成口語化的白話：

好啦，打開我東閣的門，
坐定我西面的床。

又如「同行十二年，不知木蘭是女郎」我譯成了：

同起同住十好些年
木蘭原來是個姑娘！

不過譯詩只是一種嘗試與練習罷了，詩的音樂性還是要在詩創作中去探討。不過一點意見要提出的是：新詩的音樂性，那就是說新詩的格律或節奏必須依循中國語體文的語法和中國文字聲韻的特質去創造出來。

（古兆申訪）

刊《盤古》第十一期，一九六八年二月二十八日

古典名著的永恆性

——與學弟某君論「中國傳統詩文是否時代束縛」書

前識

本文所論，為「中國古詩文」亦即除「新文學」外的各種「國文」（或曰「中文」「華文」）課程內容，是否僅是一些「反映古代生活方式，表現古老思想意識」的「老古董」，是否因而「必然具有古中國社會的時代局限性」（甚至，更激烈一點，「必然具有封建遺毒」），以致「不適用於現代」，對現代青年剛好形成了一種「傳統的束縛」，一種「早該打倒的，陳腐的，吃人的禮教」，從而特別阻礙了今日青年所心嚮往之的、來自「歐美新思潮新風氣」的各種各色的「自由解放」——這些東西，在基本上全屬於所謂「文化問題」，全是中國知識分子在半世紀以來的所謂「中西文化論戰」中最喜牽扯的大題目，對於這些大題目之全面深入的系統的處理，當然絕非本文所能辦到，也不是本文筆者目前所擬真正從事的。

本文所願作的，乃是求能圍繞「古典文化成就的意義」這一基本問題，對於所謂「舊與新」、「保守與進步」、「中國古詩文與西洋新思想」這些在今日青年知識分子群中特別習見的心智糾纏，從事若干最起碼的爬梳與清理。因此，本文擬就下列六點意思，略作一些必要的闡釋：

一、（作為中國古代文化成就典範的）古詩文的內容意義；
二、文化成就典範（在內容意義上）的亙古常新性；
三、歐美「新潮」事物正是（早遭歷史無情淘汰的）古老渣滓；
四、傳統（作為人類歷史發展中淘汰沖積的成果者）是如何形成的；
五、文化內容的基本類別，及其表現「進步」的真象與錯覺；
六、小結——從西洋文化事例看中國古詩文。

本文本來僅是筆者對在（基督教會所辦的）大學中所授「大一國文」課上，二三同學作文內容的一篇書面意見，不過由於這些問題正是現代青年知識分子的普遍問題，由於這些問題意義之嚴重性與影響之深遠性，筆者最後決定稍加調整補充，作為一篇公開文章，借用雜誌（謹按現節《內明雜誌》）的篇幅來發表。為求存真，「書面意見」的形式依然保留，相應語氣也概未修改，這是要請一般讀者格外見諒的。

一九七〇年一月三十日識

某某同學：

你在「我對古詩文學習的期望」這篇作文中，相當明顯地提到了「中國古詩文的內容，許多都已經和我們今天所處的時代脱節了！」「不同的時代精神，不同的社會結構，是應該要有嶄新的文章體裁和思想內容來表現的。」「古人的生活方式跟現在相差太遠。」「中國的文化傳統，有時往往會束縛了我們青年人對新的事物的吸收。」「歐美的自由解放的新風氣，已經吹遍了整個地球。」「孔孟的思想，在古代也許正是進步的……我們現在仍然需要進步，需要更多的進步。」「愛中國與愛中國的傳統文化，我彷彿覺得始終是兩回事。愛中國，為甚麼反而不去讓它進步，反而要讓古老的包袱壓住它，使它動彈不得呢？」等等——你會發覺你原來寫出的詞句並沒有這麼多，真的沒有這麼多。不過，由於你的想法，與另外一兩位同學（當然也是同作這一題目的）在基本上可說完全一致，我覺得最好對你們提一共通的書面意見，因此，上面所引，乃是你們幾位的命意遣詞之某些概略的綜合，相信這一綜合引述，應該不會遠離你們之中任何一位的原意。

總而言之，我可以從你（或你們）文章的字裏行間，看見你的思想，正在「新與舊」「保守與進步」「歷史的累贅；與時代的需要」乃至「兩個文化的衝突」「兩代之間的鴻溝」這些詞語魔術夾縫中擠去擠來，擠得幾幾乎滿頭大汗乃至氣急敗壞，而且，我也可以清晰地看見使你不能不去鑽去擠的，那股在你身後推逼的力量——一股非常可怕的，瀰漫全中國、延續了整整五十年的，由「上下兩三代青年知識分子的共通謬見」所形成的，龐大的破壞力量。

我現在還不擬去對這一龐大破壞力量本身挑戰。我僅願用這一封信，用一點點我不太費勁的思想分析工作，來協助你從這些魔術夾縫中擠出來，以便真正步上文化學習的康莊大道。因此，我打算盡量壓縮討論的範圍，為你和另外那幾位同學，寫出一些完全針對你們意見的意見，好提供你和你們，再去從事若干絕對必要的明辨深思。

下面，我將根據我自己分析所得的線索（未必即全同於你和你們原文所表現的），檢我認為最重要的，一點一點、一層一層地談下去。

一、關於「中國古詩文」的意義與價值

這裏，我想直接先從「中國古詩文」的意義價值本身說起。

中國古詩文，按照傳統分類說法，即一般所謂的「經、史、子、集」——「經」泛指各方面的「古典文化遺產精華」，而集中於哲學思想；「子」即「一般學術思想遺產」，以哲學及有關社會、經濟、政治、法律等社會科學方面的學術思想為主；「史」即「（特別值得後人記憶參考的）過去人類重大經驗與智慧與各種實踐實驗的總記錄」；「集」即「歷代祖宗中最具代表性的列列才人學士畢生所作的文藝創造的精選成果」。因此，「經史子集」也者，無非是過去的哲學、史學、科學、文學等等文化遺產之「精華的集成」而已。

如是，再進一步，我們即可了解：哲學處理的是「宇宙人生問題」，史學整理

的是「人類社會經驗問題」，科學研究的是「自然原理，社會原理，乃至生理心理原理」，文學表現的是「（來自永恆普遍人性的）人生情意與人情世故」……這些東西，全是不僅亙古常新而且四海皆然，根本沒有任何「古今中外之別」的，這正是「舊約」所載所羅門「傳道書」中所謂「太陽之下並無新事」的那些「事」，那些從「飲食男女」直到「治國平天下」，從「唱歌跳舞」直到「修真了道」的，剛好便是所謂「生活」的各種東西——你能說這些東西，真的會有「古代生活方式」「多年前之道」與所謂「現代」「今日」的區別嗎？

或者，你由於一下還想不清，乃至由於實在喜歡辯論，你仍想說這些東西一樣有古今之別，那我願在此再多說幾句，把它們分別仔細看看。

二、關於文學、史學、科學、哲學的基本內容之必屬亙古常新

首先，「人生情意」絕對沒有古今之別。詩經〈關雎〉講「君子好逑」，〈氓〉講（男對女）始亂終棄」，以至〈古詩十九首〉中那些「逐臣棄妻朋友隔絕死生新故」之情，或陶淵明詩中那些厭棄塵俗歸隱自然之志，等等，你能說它們竟不是「今日的生活」？

其次，「經驗記錄」更絕對沒有古今之別。孔子是個甚麼人，作過些甚麼事等等，以至其他各種歷史記錄，只要記錄本身基本不錯，則古代如此記，現代一樣要如此記。或者你說，「解釋」可以不同，但那只是「解釋」而非「記錄」，而且任何時代都可以有各種不同的「解釋」去雜然爭鳴，這裏一樣沒有古今之別。或者你說，古代的「記錄」會出錯，現代可能出現正確的新考證，但這只是「對錯之分」，仍非古今之別——起碼在「如何考證也不能推翻」的那些事上（譬如：確有孔子，為春秋時魯國人，後世尊為中國的「至聖先師」之類），便絕對沒有古今之別。

復次，在各種「學術思想特別是倫常道德」這些事上，仍然是「只有對錯之分，絕無古今之別」的——無論社會結構及社會的物質生活政治生活方式會如何變，至連「仁義禮智信」這「五常」，仍是「放之四海而皆準，百世以俟聖人而不惑」的，甚至連「忠孝貞節」這些「吃人的禮教」，只要把宋明腐儒那些「假道學」廓清，把孔孟真義重新解釋還原則，它們也都是永遠需要，永遠適用的。（誰人敢提倡「不忠於國家」或「可以不忠於職守」或「可以不對自己負責」？誰人敢說「不孝父母（乃至僅僅像西洋人那樣不理睬年老的父母）才更能使人類幸福」？誰人又敢說「我非常樂意看見我的（已婚未婚的）妻子或丈夫和人通姦」？（如果有人敢這樣說，那如果不是「心理變態者」即必是說謊者，因為，據我所知，胡鬧的洋人們在搞「交換女友派對」時，也往往不肯把自己的真正愛人帶去哩！）你沒看見美國社會中的中國少年犯罪率最低的記錄嗎？你沒有看見西洋那些「先進國家」的另外一些「先進」現象，如自殺率最高、神經病最多、神經衰弱和夢遊病等等為患最烈、離婚比率最大（而離婚後造成的「短壽」、「子女不正常、低能、成為問題兒童」、「社會秩序不安」等等後果又是非常明顯的），你完全不知道這些至不可喜的「西洋現代」的現象，因而根本忽略了許多許多西洋學者也正在高呼要向中國人學習嗎？

三、關於各色不良「新潮」之全屬久被歷史淘汰的陳腐渣滓

這裏，更進一步，在「只有對錯，不分古今」這一法則下，我可以立刻把許多你認為屬於「現代生活方式」的、「歐美自由解放的新風氣」，通通一變而為「古風」，特別是「中國的古風」，成為比你所說的「束縛人的傳統」可能還要古老還要陳腐的「古董」：

甲、「性解放」新鮮嗎？（這裏且不提「埃及妖后」之類電影或「龐培末日記」之類小說中所表現的古羅馬時代的荒淫。）早在周初便已有「桑間濮上」的淫奔風氣了；更早，殷紂夏桀便已表現過「酒池肉林，男女裸逐」這種「大解放」場面了；再早，人還沒進化成「人」時，一直便是不但普遍雜交，而且還要普遍亂倫（比摩西向古希伯來人申誡「不可露你母親的下體」等等的時代還早許多）的了！

乙、「同性戀」新鮮嗎？中國早在先秦和漢代，便已有「分桃斷袖」之說了，西洋早在希臘衰微期，便已成為普遍風氣了（蘇格拉底在《會飲篇》（The Banquet）中討論「戀愛」，正便是由「美少年向他獻身，受他拒絕」這一事件開始的）；而且，更早更早，在不但沒有人、甚至還沒有「高級動物」的環節動物（蚯蚓）時代，「雌雄同體」便已早非新鮮玩意了！

丙、「暴露」、「迷幻藥」等等，新鮮嗎？中國魏晉古人，不但早已在「以天地為屋宇，以屋宇為衣服」，早已在「縱酒佯狂」「披髮佯狂」，而且去吃那種使人發狂短命的「五石散」也早已蔚成「時代風尚」了——「散步」一詞，正便是指的「要用走路來發散藥力」，這詞正便是由此而來的。

丁、「學生運動」、「黑權運動」、「嬉皮士運動」等等新鮮嗎？搞「學生權力運動的祖師在中國，是即東漢的「黨錮之禍」；搞「黑權運動」（文化程度較差的少類民族對較富裕者之社會政治鬥爭）的祖師也在中國，是即「五胡亂華」的五胡；攪「嬉皮士」那種「要做愛不要戰爭」的行徑的祖師也在中國，是即那些「玉樹歌殘秋露冷，胭脂井壞寒螿泣」（陳後主）、「小憐玉體橫陳夜，已報周師入晉陽」（北齊後主）、「朝朝楚夢雨雲床，五侯門外空狼燧」（南明福王）的亡國之君，與「商女不知亡國恨，隔江猶唱後庭花」與「山外青山樓外樓，西湖歌舞幾時休」的那一大群醉生夢死的偏安亡國知識分子（當然，另外類此的，也還有一些未可厚非的反戰詩歌如「忽見陌頭楊柳色，悔教夫婿免封侯」「可憐無定河邊骨，猶是春閨夢裏人」「不知何處吹蘆管，一夜征人盡望鄉」類之）……我敢說，你認為是「歐美自由解放新風氣」的任何一種內容，在中國乃至西洋希臘羅馬的古史上，全是「古已有之」的。

四、關於「傳統正是人類在歷史經驗中去蕪選精的智慧成果」及「進步的真義」

那麼，為甚麼這些「古已有之」的事，當年竟未能真正成為「傳統的束縛」，以致這些「復古運動」竟反表現為今日的一種「解放」呢？非常簡單，因為，人類在歷史的痛苦教訓中，立出來的乃是一種「不要後人重蹈覆轍的，能使人活得比較幸福的正常生活方式——一代代傳承下來，這便成了傳統」——西洋這些「新的古老東西」之所以在歷史上往往曇花一現，總不能成為「傳統」，以至在今日仍顯得「新」，便正因為它們過去的表現乃是如此「劣蹟昭彰」「害人害己」「破家亡國」，正因為它們「不好」！

好了，最後，你或者要問：難道人類竟沒有「進步」，難道一切都是「古代的竟會反而更好」？

這裏的簡單答覆是：人類文化活動的內容，可大分為「自然科學」「社會科學」和「文化科學」這三方面，這三方面的進步情況是極不一致的：

甲、自然科學，包括各種應用技術在內，在人類史上的進步是最神速的——不過，話說回來，最基本的原理如數學和邏輯等，則仍是「萬古常新」的（那怕「非歐幾何」「數理邏輯」之類，也仍是不能取代「歐幾里德幾何」與「亞里士多德邏輯」的）。

乙、社會科學，包括各種「社會活動方式」即社會、政治、經濟諸建構在內，如生產方法、經濟結構、家庭形式、社會組織、法律體系、政治制度等等，這些東西受應用科學或技術進行的的影響較大，因此，相應於自然科學的飛速進步，其變革或曰進步速度也可能比較明顯，但這與自然科學的進步速度相較，由於它各方面的牽涉太繁複，利害因果太參差，因而顯然仍要遲緩許多——而且，話仍得說回來，各種社會建構全是有理想有目的的，這些理想與目的，如「福國利民」、「親愛敦睦」、「安定進步」、「公平合理」、「民貴君輕」、「天視自我民視，天聽自我民聽」等等，則仍是「萬變不離其宗」的。

丙、文化科學，包括宗教、哲學、文學、藝術、道德、倫理等等，這些全屬人類「高級精神活動的內容」，其進步乃是「人類理想或人生智慧的總進步」，它與自然科學所能促成的「知識進步」、「技術進步」、「物質生活進步」等等都最不相干，因此，它們乃是最難表現「與時俱進」這種常難式的粗淺現象的——誰敢說今之基督教傳教士準比《使徒行傳》中的使徒高明，或今之基督教神學家準比聖保羅聖奧達納等偉大？誰敢說杜威羅素等便準強過康德黑格爾，而康德、黑格爾又準強過柏拉圖亞里士多德？誰敢說蕭伯納準比莎士比亞好，艾里略準比歌德好，畢加索準比米蓋蘭基羅好，乃至「爵士樂」、「新潮樂」等等準比莫札爾特、巴哈、貝多芬等人的好？誰又敢說今日那些直如羅馬滅亡前夕現象的「新潮道德觀」，竟會準比「十誡」「登山寶訓」等等還要求得「進步」？

然則，這又是否表示「古代反而準比現代進步」、「古人誠不可及」呢？

當然不是，我們今日所謂「古代的東西」，其真意實在便是：「古代芸芸學說或浩瀚創作創作中，經得起時間淘汰，經得起一代又一代的偉大心靈之反覆考察，與社會生活之廣泛實證，而仍能流傳下來的精選的瑰寶」，因此它們當然會比今日那些胡亂攪出的東西要可靠得多——古代絕非沒有謬論，如蘇格拉底時代之有詭辯派或羅馬時代之有「享樂主義」；古代更絕非沒有劣作，如古代詩文選集目錄所載作品之仍能每每失傳；總之，它們全可能已被歷史洪流沖刷罄盡了，它們都曾是競爭要成為「傳統」，然而終於鍛羽以去的失敗者。因此，今日表現為「傳統」的，往往便意味着正是「歷史替我們挑選出來的最好的」。

因此，我想已不必說得更多。總而言之，「傳統」是顯然不應胡亂否定的。人在物質科學方面的進步現象，是絕對不能分精神生活範疇中那些「傳統成就」的穩定性混為一談的。宗教、道德、哲學、史學、文學、藝術等等「古典」或「傳統」，是不好隨便侈談甚麼「革新」、「進步」的——而「中國文化遺產」，或者說中國的古詩文，正正便是這一方面的東西，正正便是中國古人心血智慧所凝成的哲學、史學和文學，這又怎能拿「古代生活方式」或「傳統束縛」等等來信口雌黃，胡亂評點？

五、從西洋古典的價值看中國古詩文

這裏，我想可以一提為甚麼我在前面儘拿各種西洋史實來舉例的原因了。你一定仍然常常在讀（起碼常常在接觸）聖經，你一定不會覺得去讀亞里士多德的《詩學》或荷馬的《伊利亞特》有甚麼不合時宜，至少至少，你一定不會認為今日中學所授幾何學中仍在講解「兩點之間直線最短」這一公理或畢達哥拉斯定理等等，竟會有甚麼不對，而這些東西，卻全都是幾千年前希臘時代或希伯來時代的「老古董」了，為甚麼你並不認為它們乃是「跟現在相差太遠」的「傳統束縛」呢？

為甚麼？因為它們原本乃是希伯來文或希臘文寫成的，因為它們來自西洋文字——然則，你為甚麼竟不能把你所認為「與時代脫節」的、由中國古代語文寫成的古詩文，看成正是用「東方希臘文」寫成的「經典著作」呢？

你如果肯這樣想，我相信你一定會即時大感「豁然貫通」之樂，一切思想困惑，將為之立歸烟消雲散，不會再留下半絲羈絆的了。

祝

慎思明辨，日新月異

蕭輝楷

一九七〇年一月

刊《內明》第一卷第二期，一九七二年五月八日

文學探元——從「遊仙」「煮海」之用管窺文學的本質

一、文學之謎

文學是任何人都必會多少有所接觸的一門「學問」，哪怕是村夫稚子，無知文盲，都同樣地喜歡唱山歌，哼童謠，聽故事，看戲，而這些便通通都是「文學」；因此，從廣義處立論，文學不但是與文化相終始，簡直可說便是與人生本身血肉相連，訢合而不可分的。

人人都不能自外於文學，然而能夠明白指出「文學是甚麼」的人卻顯然不多。「文學」的定義，恰如「哲學」、「史學」、「科學」這些基本學問的定義一般，不僅極難說明，而且縱使勉強有所說明，其所說者。也往往極難獲得「哲學」、「科學」、「史學」這些名詞一般，往往視如某種「毋需更加解釋的當然」，只要「你知我知」，即已足夠，不必「再事深文」可也。

不過這種解法，顯然只能視之為某種不得已。我們不必特意去替「哲學」、「史學」、「科學」等等學問確立定義，只要我們具備一般的知識，即大可去從容談論有關這些學問的問題，而大體不致於把各種「非哲學」、「非史學」、「非科學」的內容，和那些真正貨色混淆在一起。但在「文學」領域之內，顯而易見，種種可能的爭執可就太多太多了——譬如說，「文學需不需要反映現實？」「文學應不應該表現道德？」「文學的目的究竟是『言志』還是『載道』？」等等種種涵天蓋地的爭執，自古迄今，了無已時，只要「文學是甚麼」這一定義問題一日不能釐清，這些爭執也就將永遠存在下去，而「文學」與「非文學」的分野，自也就只好永遠亂成一團，永遠滯留在「言人人殊」的混沌境界，這當然是不可喜不可願的。

這是一個大問題，一個說不定再歷許多年都未必可望解決的大問題，區區不才，自無勇氣去認真着手此一解答工作。只是由於我性好思辨，我在大學的教學工作更逼使我不能不去經常從事有關此一問題的種種思辨，如是，在多年體察之餘，我覺得或已摸觸到了若干可能的線索；我不敢自秘，所以願在此把這些可能的線索陳展出來，藉為今後的解答努力作一參考，希望多少也能有點「負弩前驅」的貢獻。

二、有關文學定義的逐層抽剝

甲、學術認知與常識認知

一般說來，學術領域內的所謂「文學」，大都指的是「對於文學作品、文學流派、文學家、文學史、文學理論、文學批評等等之更為精細縝密的研究」，是以這些往往僅是「有關文字之學」，而非「文學」本身，然則「文學本身」又究竟何在呢？在普通了解之中，「文學」也者，直截了當，便是指的這樣那樣的種種「文學作品」，適如問人「人是甚麼」，被問者便雜指張三李四王五趙六諸人而言曰：「像這些便是人」，囫圇吞棗，「不言而喻」，就此作罷。

像這種「不言而喻」的定義方式，在邏輯中叫做「列舉定義法」，在認知心理學中叫做「建立概念前的原始認識程序」，當然是不清楚，不確定，極易發生種種混淆的。譬如說：大舜的《卿雲歌》（「卿雲爛兮，糾縵縵兮，日月光華，旦復旦兮。」）僅得實字十三個字，而《紅樓夢》、《戰爭與和平》、《源氏物語》等卻可磅礴舒展達百十萬言，不管奇小奇大，它們卻都同是「文學」，然則它們之間的共通點又究竟何在呢？

乙、原始的藝術認知——「非講理」的各種表達

如是，對於「文學定義」之最初的勉強答覆便是：文學便是與其他各種各樣「講道理，求知識」的學問有其不同內容的學問，文學乃是「表情、達意、敘事、狀物之學」而非「講理之學」。

這一答覆，頗見言之成理，在平常情形下也已算勉強合用的了，但它仍然不禁較為細密的推敲：首先，任何人所說的任何話，只要不是狂言夢囈，全部是除「講理」外便都在「表情達意敘事狀物」這一範疇之中，然則是否連俗子情話、傖夫閒談、潑婦詈罵等等，都可歸入「文學」之列呢？再說，許許多多瑰奇精彩的「說理」之詞，諸如孟子、莊子、列子與基督教聖經、小乘佛教阿含經之類，說它們是哲理教誨，它們便是哲理教誨，說它們是文學，它們也同樣不失其為偉大文學作品的身份，至於一般古文與今之雜文之為「說理」者尤其是數不可數，從韓柳三蘇直到魯迅周作人等莫不皆然，是則又如何能將「說理」真正摒諸文學門外呢？

丙、正式的藝術認知——「表情達意之佳製」

這樣一來，對於「文學定義」之較見精細的答覆便似乎是：具有文學意義的「説理」作品，必與其他非文學的説理文字有其基本的不同，凡是具有文學意義的説理作品，必是在説理中同時另自有其「暢志騁懷」之用者，因此，它不是説得來「正確嚴密」，而是説得來「精彩瑰奇」，亦即只有不僅是敘事狀物，而且是在敘事狀物中同時即有其暢志騁懷之用的所謂敘事狀物之文，諸如《史記》、《三都賦》之類，以至一般的小説戲劇，始可謂之「文學」，從而王大娘裹腳布式的敘事與癡人説夢式的狀物，也就通通都可排出文學園圃——如此這般，結論即可望比較鮮明清晰了：文學乃是「表情達意而能表達得精彩巧妙」的某種求工之製，亦即某種有目的有標準的心靈努力的成果，是以亦即廣義的所謂「學」。

這一答覆自己更見明晰合用，不過深思之下，我們仍不免會觸及下列這一疑團：人的生活幾乎無時無刻不在表情達意之中（那怕「自言自語」也不例外），然而除了極罕見的「作白日夢」之類活動而外，人的表情達意幾乎全是「實有其情其意」，一切「情意」幾乎全是「實有所指」的，如果把這些「表情達意活動之精彩巧妙者」蒐集起來成為「文學」，則人類的文學應該百分之九十以上都是一些「實有所指的情意表達」，諸如「無題」、「催粧」、「寄內」、「悼亡」、「命子」等詩，外加〈出師表〉、〈陳情表〉、〈祭十二郎文〉乃至陳琳〈討曹操檄〉與駱賓王〈討武曌檄〉之類，此外的「虛擬的情意表達」即應該寥寥可數，起碼不會很多，但是為甚麼古今中外文學作品之中，「實有所指的情意表達」居然恰正不多，而幾乎佔了百分之九十以上者，竟反而會是種種「虛擬的情意表達」呢？——如所周知，古來的種種「閨怨」、「宮怨」之詞，幾乎全部出諸大男人的想像手筆，古來的許多「邊塞」、「飲馬」之作，也往往只是文弱書生的紙上談兵，甚至「田園詩」、「招隱詩」的作者，也每多廟堂熱中人物（如楊素之詩）。至於小說戲劇之必須出諸捏造，或曰其絕大部分內容不可能不出諸捏造，以至於神話或今之科學幻想小說等之乾脆標明即是捏造，這更是眾所周知的了，然則為甚麼「虛構捏造」才反而正是文學的主流所在呢？

丁、精細的藝術認知——嚮壁虛構的「表情達意」

這裏我們才可望進入問題的核心：文學的目的其實不在「真實的表情達意」，而在「對於情意之精彩巧妙的表達」，「精彩巧妙的表達」才是重心所在——一切「實情實意的表達」，不論如何精彩巧妙，其精彩巧妙的程度都不可能不受到該一

「實情實意」的現實限制，因此，為了「精彩巧妙的表達」本身，人就只好前去從事各種「不受限制的情意經營」，而務以「表達之精彩巧妙」為其鵠的，這樣一來，根據「實情實意實事實物」乃至「實理」而能作出的第一流文學傑作便往往非常有限，真能攀登「上乘表達境界」者，便非出諸「虛構捏造」不可了。

這便是一般所謂的「純文學」，或曰，專為表達之美而去從事（嚮壁虛構）的「創造」所得的，與一切實用完全無關的作品。

刊《能仁校訊》第十三期，一九八三年九月三十日

序白冠雲《李商隱豔情詩之謎》

「李商隱豔情詩之謎」是一個令人眩惑的題目。

就我而言，這一題目本來早已有了基本答案——遠在民國三十二年，我還是高中學生的時候，我平生的第一恩師孟昭聃志孫先生（時任重慶南開中學國文教師，抗戰勝利後出任剛復校的南開大學中文系副教授，數年前卒於南大中國古典文學教研室主任任上）當時在國文課講授中國文學史要至唐詩部分時，便已指出：李商隱那些朦朧縹緲的作品，主要全是寫他和女道士、宮人間的秘戀本事，在蘇雪林女士的《李義山戀愛事迹考》一書早已大致考出了的。十五年後，我在香港友聯出版社任總編輯時，看到了孫述宇先生交來他的尊人孫甄陶先生研考李商隱詩的大作，深覺內容委實不浹於心，遂特意找來蘇雪林先生大著（時已更名《玉溪詩謎》）細讀一遍，認為當年孟志孫先生的推薦絕對正確，一切談論義山詩本事或「寄託」之類問題，向不先去正視雪林先生舊作說法者：通通是一些「不顧有力說法而只任作主觀臆想」的精神浪費，在學術忠誠原則上通通是深值商榷的；因此，我終於極帶歉意地推拒了孫甄陶先生大作的出版，我認為這一問題基本上應可視作已有定論的了。然而在此以後，我仍不時看到聽到各種有關義山詩旨的討論說法，幾乎完全不提雪林先生的見解，只去臆度義山「楚雨含情俱有託」的「有托」何在，而提出這些臆度的，居然還是一些知名的，甚至大名鼎鼎的學人，包括汪辟疆（也算我師輩之一）、錢鍾書、勞榦、徐復觀諸先生，堪稱人多勢眾，與此相較，蘇雪林先生簡直是完全孤立的，不僅孤立，乾脆便是已被世間遺忘了的，於是這一問題，遂仍不能不令我眩然莫辨，視為荊棘滿途，聚訟不休的一大艱難題目。

如是，當香港能仁學院文史研究所的白冠雲同學找我作她的碩士論文指導教授，提出的竟是這樣一個艱難題目時，我遂不能不大感躊躇，當即向她指出了這一題目的「可怖」情況。然而，白冠雲小姐（我想今後我應改稱白同學為「小姐」了）堪稱勇氣可嘉，告訴我她願意讀那許多書，讀那些足夠淹沒她的資料去覆壓她，她仍想在這一文學史重大課題上，希望參與一份，多少作出某些爬梳清理的努力。這樣一來，我也就不好不鼓勇應承，認真去作她的指導教授了。

白小姐遵照我的指示，除復行誦習義山「豔情詩」中特別重要者外，在研究程序上首先細讀了蘇雪林先生的《玉溪詩謎正續篇》合訂本，然後擇要細讀了新近出版的，由張仁青博士主編的《李商隱研究論文集》，記下了許多初步思考的筆記，並在若干疑點上隨時找我共商，儘可能地搜求有關資料，作出了多方面的深入探索；這之後，再去親炙馮浩注、張采田會箋這些傳統要籍，並擇要涉獵當代諸家之書；最後，開始起草初稿了，又接受了我的好些意見，一再改訂，終於完成了這一研究工作，亦即本書。

在學術工作上，白小姐這次只是啼聲初試，但已堪許為卓見成果的了。以白小姐的蕙質蘭心，春秋鼎盛，深信白小姐以後當還會有更多更大貢獻的。

這是我的衷心祝禱。

一九九一年二月十一日，即張仁青應邀來香港能仁書院主講「中國唯美文學」之日，蕭輝楷序於香港太古城

刊白冠雲《李商隱艷情詩之謎》，台北：明文出版社，一九九一年八月

第三輯

人物傳記

「現代儒者」的成德之教——敬悼適之先生

適之先生業已作古，我認為這是自由中國人退出大陸、散之四方以來真真正正一次「哲人其萎」的大喪，而為一切不僅愛自由同時也愛祖國的中國人所應同聲一哭的！

不過，我的這片哀悼之情，卻非純因適之先生個人的逝世而發。適之先生這一逝世，就中國傳統觀念而言，彷彿不宜看成堪使天下為之同聲一哭的噩耗。中國古話有道是「人生自古誰無死」，又道是「人生七十古來稀」，因此，年逾七十、壽終正寢、生養死葬兩皆無憾的人，世俗且謂之曰「笑喪」，一般並不視作深堪哀痛的事；從這一觀念來看，適之先生以青年即致盛名，四海宗仰垂五十年而不衰，榮過「王侯」，壽臻古稀，再在故國的自由土地上，在濟濟「國士」的環侍之中，在學術性聚會後的笑談之間，略無痛楚地須臾而去，而且，逝世之後，

「元首」臨祭，權要治喪，四海弔唁，萬民執紼，十里郊奠，甚至晚年定居才二三年的南港鎮民還要為之立廟，這一切全說明適之先生的逝世，不僅是「死得其所」，而且是「福壽全歸」，不僅是「生榮死哀」，而且是「歸為神聖」，因此，僅就適之先生逝世本身而論，國人的一般哀悼自是人情之常，但過分的哀痛則似乎反是不甚自然的。

當然，一個人的逝去，無論如何「福壽全歸」，無論如何「生榮死哀」，對其家人父子至親好友自然仍是一樁可悲的鉅變，以適之先生畢生的待人之誠與為友之忠，我相信聞適之先生之喪而變色泣下者當不在少；不過我得承認，就一般標準而言，我尚遠不夠格從私誼立場來寫文哀悼適之先生。我是適之先生出長北京大學時期的北大學生，我聽過適之先生的講演也上過適之先生的課；我在近幾年中的工作曾為適之先生所聞，因此我曾和適之先生通過幾次信，介紹過外國友人去訪問他，也曾蒙他親筆簽名送過我一部《乾隆甲戌脂硯齋重評石頭記》——我有資格尊適之先生為業師，我也算是適之先生尚能「略知一二」的學生，但也僅此而已；與適之先生個人關係如我者流，數十年來何止車載斗量！因此，我對適之先生之逝的哀悼，主要實不是從私誼立場出發的。

這裏，我願慎重提出我對適之先生之喪的特殊哀悼之思：我視適之先生為中國優良傳統文化之貨真價實的現代傳人，我以為適之先生的逝世，無異中華文化菁英所聚的一顆熠熠巨星之隕落，我深自恐懼在適之先生的人格光輝倏然歛息以後，足供國人矜式的現代儒者或將更難發現，因而中華傳統文化的新生道路或將更為蒼茫而迂遠——這正是一切不僅愛自由同時也愛祖國、亦即也愛國族傳統文化的中國人所應同聲一哭的！

我希望我的這一看法不致驚世駭俗。我相信冷靜客觀的讀者們應會同意我的這一看法。

所謂「中國傳統文化」的是非得失問題，亦即大家爭吵了幾十年、而為適之先生畢生功過毀譽所繫的這一問題，就我個人看來，問題的本身未必即難於解決，僅不過由於爭論的雙方每帶意氣，因而有意無意地對於「中國傳統文化」這一龐然大物，全都去以偏概全，執一廢百，隨意掇拾一些片段來加以率爾的全稱肯定或全稱否定而已。就嚴格的用語而論，一個國族的「傳統文化」，應是指的這一國族在歷史上全部活動之經驗成果的總積，至少也應是這一國族在歷史上全部活動之主要的、世代傳承的經驗成果的總積；因此，進入文明已逾四五千年的中華民族，其「傳統文化」之龐雜自屬不言可喻——就學術思想而論，我們有先秦儒家亦即孔孟的人生理想，有道家的虛無神秘主義，有墨家的專制迷信觀念，有法家的權衡機心，有陰陽家和漢晉儒者的玄談，有魏晉隋唐佛學的「禪機」和宋明儒學的「心性」，也有漢儒的「三綱」和宋儒的「名教」，這些全都是在中國社會生活中傳承下來了的；就學藝成就而論，我們有足可睥睨世界的詩歌、音樂、繪畫、建築和烹飪，但戲劇小說之類則不甚可觀，我們有許多輝煌的簡單科學發明，有至今仍然獨樹一幟的高明醫術，但我們卻迄未開拓出真正科學的道路；就制度風習而論，我們有「處士橫議」的時代也有「文網森嚴」的時代，有「藏富於民」的各式自由經濟政策也有自王莽以迄太平天國的各式「社會主義」政策，有長期大一統的「昇平」紀錄也有在廿四史中不斷出現的「相砍」紀錄，有至今仍為歐美人士豔羨的優良家庭教育也有至今仍受大家唾罵的纏足納妾的惡習……總而言之，「中國傳統文化」的內涵極其複雜，這些複雜內涵之因果從屬的脈絡絕非隨便寫一兩本書甚至一兩篇文章即可加以清理，任何籠統的推崇或抨擊全不是真誠的、客觀的、企求解決問題的態度。

當然，「中國傳統文化」絕不會是上述那種毫無主從輕重和層次統緒的一部爛帳，我個人對這一問題也有一些比較確定的看法，不過本文對此自不宜特作深入的討論。無論如何，下面這些意見，應該是一般可以同意的：中國傳統文化的主要成就，在個人的「美善相樂」的精神生活，亦即個人的道德生活和藝術生活；中國傳統文化的主要缺點，一在缺乏純求知精神，亦即科學精神，二在缺乏人與人間平等對待、不逾分也不寬假的權責觀念，亦即最基本的民主觀念；至於中國傳統學術中的各式玄談與傳統風俗中的各種惡習，則與中國傳統文化的基本精神並不相干，因為這在其他文化中也全都有其變形的流露，並非僅是中國文化之中才有的怪物。（這裏需略補充一下：上述中國傳統文化的缺點，主要純由老莊的虛無退讓思想與秦漢以後的儒學造成；在中國傳統文化主流的孔孟書中，科學精神已現胚胎，而民主精神的基本觀念更已燦然大備，僅未獲後人發展而已。）

現在，我們可以看看適之先生對於中國傳統文化的真正態度，以及他在「發揮中國優良傳統文化」運動中的真正功過：適之先生提倡科學與民主，這本是中國傳統文化所缺，而且這亦非是與中國傳統文化中的優良成分互不相容的；適之先生推動並完成了中國文字口語化運動，這一類改革著述工具的運動在中國文化史上是累見不鮮而根本無損中國文化優點的；適之先生痛斥近代中國的「小腳、姨太太、辮子、鴉片」，小腳有甚於「斷髮文身」，辮子有甚於「披髮左衽」，鴉片有甚於「博奕」，而孔孟即是痛斥「斷髮文身」、「披髮左衽」、「博奕」，同時也絕不贊可納妾，要主張「內無怨女、外無曠夫」之政的；適之先生不喜歡神秘思想與玄談，孔孟書中（《論語》、《孟子》）也是「不語怪力亂神」、不離人倫日用、從未涉及任何真正玄談的；適之先生主張「西化」亦即現代化，不屑於所謂「夷夏之防」，孔子也是殷人而主張「周監二代，郁郁乎文哉，吾從周」的（按：孟子的「用夏變夷」本指文化高低之辨，絕非「本位主義」，茲不具論）——一句話，適之先生畢生的具體主張，絕無真正有悖中國優良傳統文化者。

這裏可能有人會問：胡適終生攻訐中國傳統文化，其攻訐的內容縱使全對，也不過表示他是一個現代西方型的知識分子而已，這和「現代儒者」何干？我們何嘗聽說過胡適服膺孔孟之教？

是的。我也不曾聽說適之先生用語言文字表示過他服膺孔孟之教，然而適之先生之「服膺孔孟之教」卻確有其如假包換的表示。適之先生畢生為子孝（見《嘗試集》詩及《答汪長祿書》），為父慈（先生公子思杜在大陸被中共逼迫斥責乃父時，仍說對父親愛慕不能自已），為夫義（先生女弟子及「私淑女弟子」之單戀先生者，數十年中指不勝屈，而先生對盲婚鄉下髮妻江冬秀女士之畢生恩愛無間，早已有目共睹），為友信（任何曾與先生接觸者，對先生私行皆無微詞），為里仁（現代中國人身死而鄰里願為之起廟者，除先生外，未之前聞），為國家子民忠（先生畢生之公忠謀國，略無失節，且敢為諤諤之士，亦屬有目共睹），為士廉（先生除抗戰期間因國家亟需而一度出任駐美大使外，終生不仕，身後除藏書外，幾無遺產，利祿二字，蓋未縈心），為社會先進而能「懷少者」（先生在北大校長任內，曾贈書尚在他校肄業之大學生某先生，題欵為「送給我的青年朋友某某先生」。這位先生赴美留學時，適之先生還親自去迎接，足見一斑）——適之先生畢生實踐的，除在「發強剛毅」及「不知為不知」二節上尚有可容春秋之責者而外，幾乎全是孔孟之教！《論語》：「子夏曰：賢賢易色，事父母，能竭其力，事君，能致其身，與朋友交，言而有信，雖曰未學，吾必謂之學矣！」孔孟之教，講究的是身體力行而非「滿口仁義道德」，我想我這裏尊適之先生為「現代儒者」，孔孟有知，當亦必拈髯微笑。

其實，還不要說前面這些立身處世的大節，僅就一二末節而論，亦足看出適之先生心靈所具的中國傳統文化陶冶之深厚，為許多同輩者所不能望其項背的了：

一、適之先生是留美學生，是與美國朝野交情最深的中國學者，是早年曾稱綺色佳城為「第二故鄉」、中年和晚年都曾長期留居美國的準「金山伯」，更是數十年來提倡「西化」的主將，然而就我所知，適之先生可能也正是當代中國知識分子中最不帶「假洋鬼子」氣息的中國人，譬如說，他穿着中國長袍的時候，就比許多口口聲聲「中國文化」的先生們都要來得多，這是那些只知胡適痛罵小腳和辮子的人所應特加留意的。

二、適之先生畢生不信仰任何宗教，對基督教尤其冷淡（先生雖不信佛教更不信道教，但對佛典則曾下苦功，對道藏亦有涉獵，對基督教則幾乎只有貶詞而無敬意），「少年氣盛」時固如此，病弱危殆時亦如此，春風得意時固如此，國破家毀、顛沛流離時仍如此，這和中國許多提倡中國文化的名人晚年「歸主」乃至臨終「受洗」相較，尤可見出其充塞四體的那股儒家的「浩然之氣」——本無宗教信仰者在沉重絕望的公私打擊之下，而仍能昂然屹立，不向宗教求救者，除去真正儒者而外，我認為恐怕是不可能的。

最後，我覺得我應補上一句：我對適之先生這一「現代儒者」的形容，並不全是褒詞；適之先生於我為尊者，為親者，為賢者，但我從來不願為這三「者」諱（這也正是我對非孔孟的「傳統文化」的反感之一），我認為先秦而後的一般所謂「儒者」，常也正是不能面對政治上大是大非的「弱者」，適之先生近二三年中對於台灣若干政治事件的表現，即似乎陷入了既不能挺身而出又不能潔身而退的尷尬之境——這是無可奈何的，適之先生在這方面的大醇而小疵，恐也正拜非孔孟的「中國傳統文化」之賜了！

逝者已矣！我謹在此重申我的敬悼適之先生之忱，我衷心祈禱適之先生畢生表現的成德而不言的「儒教」，不致成為中國傳統文化的魯殿靈光，不致隨適之先生的逝去而俱萎！

一九六二年三月七日晨六時

刊《祖國周刊》第三十七卷第十一期，一九六二年三月

璀燦多采的豪傑人生——敬記蔡孑民先生

今年五月四日，是「五四運動」的四十九周年紀念，按照中國人的傳統祝壽習慣，這應該便是它的「五十大慶」的隆重日子了。自「五四運動」發生以迄今日，在這絕不短暫的足足半個世紀中，中國人經歷了許許多多掀天揭地的大變化，經歷了一次又一次的「希望、鼓舞、痛苦、悲哀、幻滅」的反覆折磨，「五四運動」對於這些變化與隨之而來的各種折磨，究竟具有一些甚麼關係，帶有一些甚麼意義，以及在這些關係和意義之下，它本身對於當代中國，又究竟有過一些甚麼是非功過，這些問題，至今似乎尚是一些未能獲得定論的問題；不過無論如何，無論是歌頌「五四」者還是詆毀「五四」者，大家都不能不承認「五四運動」確是當代中國的一件影響深遠的大事，因此，對於「五四」的這一「五十初度」的大日子，無論如何總應該是值得大家特別紀念的。

筆者是作為「五四運動」策源地的北京大學的學生，曾經在當年那片孕育「五四運動」的古老的校園校舍中，生活過一段不短的時日，而我的離開北大之日，剛好也正是北大「五十周年紀念」剛過不久的時候，因此，對於目前的這一「五四」紀念日，似乎特感一種略帶惆悵的異樣心情，希望能用這篇文字，來對它從事某一意義的紀念。

關於「五四運動的經過」及其策源地北京大學當年的情況，早已是被介紹了一遍又一遍的陳腔舊語了。對於「五四運動的意義檢討」之類思辨討論工作，我認為大概也非我今日之所宜。筆者覺得最值得作的，可能也是今日許多人都不甚留意的，乃是對於那位真正培育至啟發「五四運動」的蔡孑民（元培）先生的紀念——不論「五四運動」本身的是非得失，不論這些是非得失（現在的絕大多數人都只把它算在胡適之先生帳上）對這一運動的啟蒙者的人格光輝究竟是為減為增，總之，筆者自己是確認蔡先生為「五四運動之父」的。

因此，我願敬以此文來紀念「五四」，紀念啟迪五四的蔡先生，並略補我雖身在香港，卻久矣夫不到他的香港仔華人永遠墳場墓地去參加祭掃的慚愧。

蔡孑民先生名元培，字鶴卿，三十七歲在上海辦「愛國學社」時改字「民友」。次年又根據「吾亦一民耳，何謂民友?」及「周餘黎民，靡有孑遺」之義，再改號「孑民」，終身沿用；浙江紹興人，西元一八六八年一月生，一九四〇年即民國二十九年在香港九龍柯士甸道寓所逝世，即卜葬於香港仔——直至今日，「旅港國立北京大學會」的同學們，每年春秋兩季，都還要前去祭掃的。

蔡先生自入民國後，直到如今，一直都是大名鼎鼎的人物。但是，蔡先生這一「大名鼎鼎」的由來，或者說，蔡先生究竟是何許人也，卻絕非三言兩語所能盡。可說的是，蔡先生不大能算某種意義單純的「名人」或偉人，他乃是一個具有多方面光輝的，繁複眩目的特殊傑出人格。

一、商賈世家出身的青年進士

蔡先生的身世，開宗明義，大概便是傳統觀念必會視為非常有趣的。我們這位士林共仰，終其身領袖群儒的一代宗師蔡先生，其所出身的家庭，竟是在過去社會中累世不沾一點「書卷氣」的商賈人家。根據蕭瑜（《我與毛澤東行乞記》一書作者）在「蔡孑民先生自傳之一章」（以下簡稱「蕭記自傳」）中，引述蔡先生晚年居港時親口所説的，他的家世是「余祖先有營木材業者，因遭同行人妒忌，被斧砍傷」，可見這位遠祖大概只是負薪小販之流，而這正是「此余聞祖先軼事之最早者」。此後，「余曾祖之兄行三者，營綢緞業於廣東，因偷關被捕，將處極刑，家中營救，罄其所有，免於一死」，可見蔡先生的曾祖輩乃是願冒走私極刑之險的小本負販經營者。然後，「余祖父營典當業，為當舖經理。」「先三叔好武藝，外出，不知所往，亦不知所終。」「余等為大房：先父為錢莊經理，二叔為綢緞店經理，四叔亦經營錢莊，五叔七叔為某莊副經理，全家經商，惟六叔讀書。余家至我六叔，始考試入學（秀才）。後並補廩（廩生）。自六叔以前，祖傳無讀書登科之人。」即此可見，蔡先生幾乎是從他自己的童年開始（他說「六叔七叔年最幼」，可見與蔡先生自己年齡差不多），家境大概才較富裕，家裏總算是有人讀書，過去讀書人視為重大遺產的所謂「家教」、「書香」、「薰陶」、「啟迪」等等，對蔡先生全談不到。

然而這位絕非「書香世第」之後的蔡先生，在前清的科舉制度中，卻是一位非常成功的讀書人；他所受的教育，是過去那種中規中矩式的教育；他的學習態度，也表現一種虔誠的努力；而他在科場考試中的成積，也堪稱「少年得意」「飛黃騰達」，為當時的大多數讀書人所不能獲致的。

蔡先生的啟蒙教育，根據他的〈我所受舊教育的回憶〉一文，大致如下「我六歲（以陰曆計，若按新法只四歲餘）入家塾，讀《百家姓》、《千字文》、《神童詩》等。」「讀了三部『小書』以後，就讀『四書』。『四書』讀畢，讀『五經』。讀小書『四書』的時候，先生是不講的，等到讀『五經』了，先生才講一點。然而背誦是必要的；無論讀的書懂不懂，讀的遍數多了，居然背得出來。」「讀書以外，還有識字，習字，對句的三法，是我了解文義的開始。識字是用方塊字教的……習字是先摹後臨，摹是先描紅字，後用影格。臨則先在範本的空格上照寫，後來用帖子放在面前，在別的空白紙上照寫。初學時，先生把住我的手……對句是造句的法子，從一個字起，到四個字止，因為五字以上便是做詩，可聽其自由造作，不必先出範句了。對句之法，不但名詞、動詞、靜詞要針鋒相對，而且名詞中動植礦與器物宮室等，靜詞中顏色，性質與數目等，都要各從其類……對句時兼練習四聲的分別」「我的對句有點程度了，先生就教我作八股文。」

按照上面所引，可知蔡先生的童年教育，正是過去那種典範式的教育。這沒有甚麼出奇，值得注意的只是這位在後來實際培育出「新文化運動」的蔡先生，對他自己所寫的這套「新文化」人士視如蛇蝎的舊式教育，顯然沒有任何不滿。對於「方塊識字法」，他說：「這種方法，現在兒童教育上還是採用的，但加上圖畫，這是比從前進步了。」對於不講文義的背誦法（事實上等如背外國文單字或數學公式一般），他只輕描淡寫地點上一筆：「讀的遍數多了，居然背得出來。」對於「對句」，他視為乃是最能練習詞彙分別和四聲分別的「造句的法子」。對於特別多到大眾詬病的「八股文」，他在這篇〈回憶〉中不但詳細介紹，毫無微詞，而且在他另外一篇〈我在教育界的經驗〉文中，還特別指出，「八股文的作法……由簡而繁，確是一種學作文的方法。」這些地方，都可看出蔡先生對於「傳統事物」的評價態度。

童年教育以後，蔡先生由於在十一歲便死去父親，家中不能再聘教師，便開始輾轉依附他家寄讀：「（父喪）下半年起，余即寄居姨母家附近讀一年。十二歲十三歲，又在一李先生家附讀兩年。十四歲，始從王子莊先生學作八股文，王先生其時八股文名家也。余從王先生學至十七歲，余入學遊伴矣（秀才）。」「紹興有徐家，藏書甚富，又喜校書印書，喜以文會友，故亦延聘及我。余自此不復作八股，改作辭章考據之事。二十一、二、三、四歲四年中均校書徐家，多得讀書之益。」

「二十四歲，己丑年（光緒十五年，一八八九年），余入鄉闈中式（舉人）。」（引皆見「藕記自傳」）

在蔡先生這些自述中，由於他為人謙抑，我們很難看見他的用功苦讀的情況。這一方面，我們可舉蔡先生逝世後他的二公子無忌所作〈先君幼年軼事拾零〉中所簡略述及的，藉見一斑：「（一）先君小時家居勤學，嘗在樓上讀書，一夕本宅失火，舉家惶駭不已，家人急呼先君下樓，先君仍讀書自若，態度極為鎮定。（二）先君素嗜豆，閱書時，案旁置豆一罐，一面嚼豆，一面領略書中要義，恆謂炒豆味香，愈嚼則讀書興趣愈濃，然豆嚼完，亦不向家人索取……（四）先君閱書，遇有疑義，輒多翻參考書，案頭上常堆書甚多，唯留心書中奧義，無暇整理與收拾，多賴先伯為放置原處。」此外，即從蔡先生自述中，以年僅二十的少年秀才一名，即已能獲「以文會友」的大藏書家的延聘，從事校勘工作一點，亦可窺見蔡先生當時的飽學名望了——關於此點，蔣維喬在〈民國教育總長蔡元培〉一文中所說：「（先生在徐氏家校書時）為文奇古博雅，聲名藉盛」一語，當是剋實的記述。

像這樣一位勤讀飽學的士人，在前清那一相當公允的科舉考試中的春風得意，可說是順理成章之舉。根據黃世暉所作《蔡孑民先生傳略》（以下簡稱「傳略」）所記：「孑民以十七歲補諸生，自此不治舉子業，專治小學、經學、為駢體文，偶於書院中為四書文，則輒以古書中通假之字易常字，以古書中奇特之句法易常調，常人幾不能讀，院長錢振常、王繼香諸君轉以是賞之。其於鄉會試，所作亦然。蓋其好奇而淡於祿利如此。然已丑庚寅鄉會試聯捷，而壬辰得翰林庶吉士，甲午補編修，在孑民亦自以為出於意外云。」這是說：蔡先生二十三歲中舉人，次年跟着通過了中央「禮部」（等如今之教育部）的會試，再兩年殿試，即成進士（按照孫德中編「蔡元培孑民先生重要事略繫年記未定稿」，蔡先生在殿試中「中二甲進士」，即除「狀元、榜眼、探花」以外的正式進士，這叫做「賜進士出身」，比三甲的「賜同進士出身」為高）。然後便是「點翰林」，接着便是「升補翰林院編修」——這是當年科舉從政的最理想的開始，蔡先生僅在二十八歲即已輕易得來；因此，在清朝覆亡之前十七年，蔡先生便已是「早入仕途」的典型前清士大夫人物。這一身分，和大家後來習知的那種「革命黨人」「新文化倡導者」的印象，幾乎是有些格格不入。

附帶可以一提的，蔡先生的家庭以累世經商才致小康，而蔡先生後來出長北京大學以後的一大要政，即是乾脆取消了北大原有的「商科」，這一舉動，和蔡先生的出身對比看來，也可算得是非常奇特，非常耐人尋味的。

二、從革命黨人到民國政要

像上節所述的，蔡先生這樣一位少年得意的典型前清士大夫，在絕無任何外在壓力或刺激之下，居然能夠一變而為著名的「革命黨人」，而且還是行動非常激烈的「革命黨人」實不能不說是一件奇事——一定要說它不奇的話，那即是說，這已是蔡先生「能得風氣之先」的一大重要表現了。

事實上，蔡先生乃是一個並不熱中仕宦的恬淡學者，大概在他心目之中，「翰林院」並非作官問政的階梯，而應是「翰林」亦即高級學者的研究之所。因此，他在升任翰林院編修以後，便開始切實學習當時的「新學」了。「傳略」說：「自甲午以後，朝士競言西學，孑民始涉獵譯本書。戊戌，與友人合設一東文學社，學讀和文書。是時，康，梁新用事，拜康門者踵相接。孑民與梁卓如君有己丑同年關係，而於戊戌六君子中，尤佩服譚復生君。然是時梁，譚皆在炙手可熱之時，恥相依附，不往納交。直至民國七年，為對德宣戰問題，在外交後援會演說，始與梁卓如君相識。其孤僻如此。然八月間，康黨失敗，而孑民即於九月間請假出京，其鄉人因以康黨疑之，彼亦不與辯也。」「孑民是時持論，謂康黨所以失敗，由於不先培養革新之人才，而欲以少數人弋取政權，排斥頑舊，不能不情見勢絀。此後北京政府，無可希望。故拋棄京職，而願委身於教育云。」

按照上面這一記述，我們可以了解：蔡先生不甚熱中仕途，自守甚高，因此雖與梁任公等人有淵源，共志趣，但為避「清議嫌疑」計，仍寧可不相接納；這一性格，從另一角度來看，也大可謂為對於「輿論」與「人言」的敏感與注重，而這便正是像他這樣一位青年翰林之終於成為一個「革命黨」的合理解釋——他能夠了解到潮流之所向（「競言西學」），他也能立刻把握並且用行動來配合這種趨向（「始涉獵譯本書」至「設一東文學社，學讀和文書」），然而，無論他與康梁等人如何避免往來，他的這種行動及平時所已表現的言論，當然已可能被大家目為「新黨」，因此康梁一失敗，他對於遠禍之道也自能立刻「見機而作」，全身早退；像這種見機知時的性格，當然使他能了解「此後北京政府，無可希望」，同時了解革命已為大勢所趨，因而在一回到講「新學」者幾乎必為革命黨的南方以後，成為一名革命黨人，實在也是頗為自然。

蔡先生南歸以後，一面開始從事教育工作，培植人才，一面即在教育工作中宣揚民權學說，逐漸走上了革命之路。他在〈我在教育界的經驗〉（以下簡稱「教育經驗」）一文中，記述這一時期說「我三十二歲（前十四年）九月間自北京回紹興，任中西學堂監督……今之北京大學校長蔣夢麟君，北大地質學教授王烈君，都是那時候第一齋的小學生」「教員中頗有新舊派別，新一點的篤信進化論，對於舊日尊君卑民，重男輕女的舊習，隨時有所糾正，舊一點的不以為然。後來舊的運動校董，出而干涉，我遂辭職（前十三年）。」按關於蔡先生的這一段生活，「傳略」的記載是，「孑民與教員馬用錫君，杜亞泉君均提倡新思想。馬君教授文辭，提倡民權女權。杜君教授理科，提倡物競爭存之進化論。不免與舊思想衝突。教員中稍舊者，日與辯論，孑民常右新派。舊者恨之，訴諸堂董。堂董以是年正人心之上諭送學堂，屬孑民恭書而懸諸禮堂，孑民憤而辭職。」

離開「中西學堂」兩年之後，蔡先生便在上海正式開始他的「革命黨」生活了。這段有聲有色的經歷，我們可就「教育經驗」一文所述，引錄如次：

「我三十五歲（前十一年）任南洋公學特班教習……學生自由讀書，寫日記送我批改。學生除在中學插班，習英文外，有學習日本文的，我不能說日語，但能看書，即用我的看書法教他們，他們就試譯書。每月課文一次，也由我評改。四十人中以邵聞泰（今名力子）、洪允祥、王世徵、胡仁源、殷祖同、謝沈（今名無量）、李叔同（今出家號弘一）、黃炎培、項驤、貝壽同諸君為高材生。

「我卅六歲（前十年），南洋公學學生全體退學，其一部分藉中國教育會之助（按 中國教育會是蔡先生與在上海的其他教育家多人共組的，蔡先生為會長），自組愛國學社，我亦離公學為學社教員。那時候同任教員的吳稚暉、章太炎諸君，都喜言革命，並在張園開演說會，凡是來本會演說的人，都是講排滿革命的。我在南洋公學時，所評改之日記及月課，本已傾向於民權女權的提倡，及到學社，多激烈環境的影響，遂亦公言革命無所忌。何海想君自東京來，介紹我宣誓入同盟會，又介紹我入一學習炸彈製造的小組……教員熱心的，一方面授課，一方面與學生同受軍事訓練……後來南京陸師學堂退學生來社，他們的領袖章行巖、林力山二君助何君（主持軍訓）。我亦斷髮短裝與諸社員同練步伐，至我離學始已。

「愛國學社未成立以前，我與蔣觀雲、烏目山僧、林少泉（後改名白水）、陳夢坡、吳彥復諸君組織一女學，命名『愛國』……三十八歲（前八年）暑假後，又任愛國女學經理……覺得革命只有兩途：一是暴動，一是暗殺。在愛國學社中竭力助成軍事訓練，算是下暴動的種子。又以暗殺於女子更為相宜，於愛國女學，預備下暗殺的種子……年長而根柢較深的學生如周怒濤等，亦介紹入同盟會，參加秘密小組。」

這段記述，對蔡先生當年如何參加同盟會，如何引導所辦學校學生傾向革命，乃至如何實施軍訓，籌備暗殺等，寫得都相當詳細。不過還有幾點，是應據「傳略」來加以補充的。一、南洋公學學生的全體退學，「論者謂為孑民平日提倡民權之影響，孑民亦以是引咎而辭職。」二、愛國學社當時「與《蘇報》訂約，每日由學社教員任論說一篇（孑民及吳（稚暉）章（太炎）諸君，凡七人，迭任之，一週而遍。）而「蘇報館」則每月助學社銀一百圓以為酬。於是「蘇報館」遂為愛國學社之機關報矣。」三、愛國學社實施軍訓之時，「留日學生為東三省俄兵不撤事，發起軍國民教育會，於是愛國學社亦組織義勇隊以應之。是時，愛國學社幾為國內唯一之革命機關矣。」四、愛國學社社員當時主張學社自「中國教育會」獨立，時任「中國教育會」副會長與評議長的蔡先生同意此議，商得會長烏目山僧同意，即行決定公佈，但這一決定，事後由於章太炎的反對，終於正式召開評議會加以否決；於是，蔡先生即辭去「教育會」之職，亦不再過問愛國學社的事，從而接受家人親友的「遊學」勸告，先赴青島學德語，殊不料竟因此而躲去了賡即發生的上海「蘇報案」之禍——是即民國革命史上那一有名的案件，章太炎被囚三年，「革命軍」作者鄒容且因而庾死獄中的。五、「蘇報案」事件過去後，親友又取消「留學援助」，促蔡先生回上海，此時，即由「中國教育會」新會員陳君出錢，由蔡先生等負責辦一日報，叫做「俄事警聞」，後改名「警鐘」，乃是辦了幾年卒遭封禁的「直接談革命」的報紙。

上面這些記載，可以使我們深切感到：從北京南歸以後的蔡先生，不但不像一個「翰林院編修公」，而且根本就不像一個在當時標準下已入中年的讀書人，他是一名貨真價實的「革命黨」，一個不但非常活躍，而且主張行動在在都非常激烈的「革命黨」。這種情況，也確屬算是非常突兀的。

由於蔡先生這種「翰林革命黨」的奇特身分，他能在民國一成立即受任為教育總長，被特派為歡迎袁世凱南下就任大總統職的專使，在北京的「南北混合內閣」

內也仍舊留任教育總長等等，便全都是可以理解的了。這些官職，和後來民國十五年國民革命軍北伐，定都南京以後，蔡先生所任的大學院（教育部）長兼監察院長再兼司法部長等官職，應是世人熟知的，可以不必特作介紹——但仍有一點似應特別指出，蔡先生雖非熱中政治之人，但他也絕不是一個真不了解政治的書生，事實上他具有極高的「斡旋拉攏」的政治手腕。根據「傳略」所載，同盟會活動時期浙江各會堂的聯合，主要即出自蔡先生之力；辛亥革命後回國，也曾「於同盟、光復兩會之間，頗盡調停之力」；袁世凱刺殺宋教仁後，再度自德歸來，又曾「奔走調停，亦無效果，卒有贛寧之戰（按即二次革命，當時顯然不能成功的）。」至於北伐以後，在寧漢分裂時期，以至粵桂分裂時期，蔡先生與吳稚暉等人，在支持穩定南京政府方面所發揮的鉅大作用，當更是今之治現代史者耳熟能詳的常識了。

三、翰林留學生與現代儒林祭酒

蔡先生是一個不折不扣的革命黨人，在某種意義上也是一名當行出色的政治家，但這些身分，都不是後生如我們者所擬特別記憶的。蔡先生在我們大家印象之中乃是，同時我相信在後世普遍印象之中亦必是，一位「學不厭教不倦」的學人，一位「溫良恭儉讓」的仁者，同時，一位善開風氣，深入人心的文化領袖。蔡先生之誨人不倦的教育努力，世所共知，前面已有若干介紹，後面的出長北大那一段更是蔡先生畢生中最最精彩的一章。這裏我們願簡提一下他在「學不厭」上的精神表現。

蔡先生在幼年和青少年時期的勤讀，前面已經提到過，這類表現雖亦足使人佩仰，但究竟還不算是太特別的。真正特別的，是他在學習西洋文化上所表現的那種「皓首窮經」式的虔誠和努力。

如前所述，蔡先生的學問，純粹是舊式由「私塾」而「書院」的制式訓練，他到點了翰林以後才開始看翻譯的西書，則他對任何外國文之從未碰過，乃是可想而知的。然而，後來的蔡先生，卻是兼通德、法、日三國文字的新型學者——他從三十二歲起才學讀日文，三十七歲起才開始學德文，四十一歲時還在柏林學了整整一年，然後，到了四十七歲，在他業已貴為「民國教育總長」之後，才又在法國開始學法文，這種學習精神，不但在當時，恐怕就連今日（除為求打美國人主意而補習英文者外）亦屬罕見。

蔡先生的目的，當然不是為學語文而學語文，他真正在希望能學到西方的學術；他每逢感到國內事無可為時，便設法出洋，不是「出洋考察」，而是真正去作留學生，去上學、聽課、讀書、研究。因此，他在四十一歲時獲得經濟接濟，即赴德國，後入萊比錫大學，「哲學史、文學史、文明史、心理學、美學、美術史、民族學，統統去聽，那時候這幾類的參考書，也就亂讀起來了。」（自著《我的讀書經驗》（「又於課餘，別延講師到寓所，講授德國文學。」（傳略）前後足足三年之久。民國元年辭去「教育總長」職後，仍一度返回萊比錫大學聽講，並在「世界文明史研究所研究」。民國二年二次革命失敗後，與吳稚暉等赴法國，在各種工作中仍不時抽暇學習並著書。在離開北京大學赴歐，已達五十九歲之時，仍會因了萊比錫大學老同學之勸，專誠到德國漢堡大學去研究民族學——這種好學不倦的情況，在今日一般人身上已屬罕見，以當時蔡先生那種「聲華遍全國」的身分地位而言，當然更是難能可貴的了。

在蔡先生這種學習精神之下，他之能以「翰林編修公」的出身，獲得法國教育部的榮譽學位和美國紐約大學的名譽法學博士學位，實在不算出奇的。

蔡元培先生像

在上述這種好學精神之下，蔡先生在學術文化上的主要成就是些甚麼呢？

「當仁不讓於師」，在學術文化方面，我們大可不必「為尊者諱」，而必須說：蔡先生在學術上是並無成就的，蔡先生雖前後出版過《中國倫理學史》、《石頭記索隱》等書，其實都是無甚學術價值的——蔡先生本人深知此點，他在〈我的讀書經驗〉中即說：「以一物不知為恥，種種都讀；並且算學書也讀，醫學書也讀，都沒有讀通。」「（在德國無所不學之後）雖勉自收縮，以美學與美術史為主，輔以民族學；然而他類的書終不能割愛，所以想譯一本美學，想編一部比較的民族學，也都沒有成書。」蔡先生是深知自己所學龐雜，因此反而在每一方面都無法深入的。

但對現代中國人而言，蔡先生在「學術文化」上卻確有成就，而且還是非常非常偉大的成就，那便是，他替中國人建立了現代的大學，也替中國人扶掖出了一個現代學術界，更重要的，他直接間接替中國人開啟出了一個影響深遠的「新文化運動」，或者說，「五四運動」。

蔡先生之廣為世人所知，主要大概便在他曾經作過北京大學的校長，提出過「兼容並包」的思想自由的辦學原則。這當然是不錯的。不過，我們更應知道的是，在蔡先生接長北大之前，北大根本不是一所大學，而只是一個「候補官僚俱樂部」。按照蔡先生〈我在北京大學的經歷〉一文所說：「北京大學的學生，是從京師大學堂『老爺』式學生嬗繼下來（初辦時所收學生都是京官，所以學生都被稱為老爺，而監督及教員都被稱為中堂或大人）。他們的目的，不但在畢業，而尤注重在畢業以後的出路。所以專門研究學術的教員，他們不見得歡迎。要是點名時認真一點，考試時嚴格一點，他們就借個話頭反對他，雖罷課也所不惜。」像這樣的大學，當時的學生主要幹些甚麼呢！蔡先生〈我在教育界的經驗〉一文說得比較清楚了：「講堂以外，又沒有高尚的娛樂與自動的組織，遂不得不於學校以外，競為不正當的消遣。」於是，蔡先生在接長之後，對症下藥，「廣延積學與熱心的教員認真教授，以提起學生研究學問的興會，並提倡進德會（此會民國元年吳稚暉、李石曾、張溥泉、汪精衛諸君發起，有不賭、不嫖、不娶妾的三條基本戒，又有不作官吏、不作議員、不飲酒、不食肉、不吸煙的五條選認戒），以挽奔競及游蕩的舊習；助成體育會、音樂會、書法研究會，以供正當的消遣；助成消費公社、學生銀行、校役夜班、平民學校、平民講演團，與『新潮』等雜誌，以發揚學生自動的精神，養成服務社會的能力。」

看到這裏，比較年輕的讀者可能覺得奇怪，整頓一所大學並非整頓一個甚麼寺院的清規，怎麼會扯上「不賭不嫖，不飲酒不食肉」這些細微末節？——這就得像筆者這樣在北大生活過的人，來一個據實相告了。根據「故老」（幾十年的老門房及鄰近老店東主等）相傳，當時北京城中，捧戲子、上館子的「主力」便正是那一群北大學生；據說我曾住了三年半的「譯學館」（我住時叫「北大第三院」）門口，當年是一排洋車，北大學生跨出門，坐上車，一聲也不用出，洋車夫便照拉不誤，

「八大胡同」（妓院區）去也！

因此，北大後來之獲得全國的推重與國際上的信賴，乃至其他有份量的現代化大學之能在中國陸續出現，蔡先生是功不可沒的——而在當時北大那種腐敗的風氣之下，如無蔡先生之德，恐怕是誰也無法把北大辦成一個真正的現代化大學。

蔡先生的主要文教功積自是整頓改造北大，或者說，締創真正的北大，但蔡先生的文教功績卻不僅僅限於改造或締創北大，可以說，中國當代學術文化界的輪廓規模，幾乎便是蔡先生所一手奠定的——蔡先生與李石曾等同為「留法勤工儉學會」的倡導組織者，蔡先生是英國退還庚子賠款的交涉者，蔡先生是中央大學的整理者，蔡先生是「國立中央研究院」的倡議者與建立者；根據民國二十四年七月蔡先生發表的辭去各種兼職的啟事，他同時竟是「中華教育文化基金董事會董事長」、「故宮博物院理事長」、「國立北平圖書館館長」、「上海圖書館臨時董事會董事長」，重要文教機構，幾乎全部都由他來領銜，這即是說，幾乎全是在他手中奠立的。後來的胡適之先生，領袖士林，名滿天下，其實也不過蕭規曹隨，繼承蔡先生遺業而已。

最後，我們可以略提一下蔡先生與「五四運動」的關係。

表面看來，蔡先生除不曾禁止學生遊行及後來用出走來抗議學生被捕外，與「五四運動」似乎毫無關係，與由「五四」而衍生的「新文化運動」似乎更無關係，其實這純是表面的看法。這裏的真正關係是：「新文化運動」的基本意義，其實並非一般所說的「科學與民主」，而是「否定舊的，肯定新的；否定中國的，肯定西洋的」，這一運動的領袖人物，是陳獨秀胡適之，這一運動的重要武器，即是「白話文運動」（按，語文與思想的關係全為密切，「白話文」不僅可使人在讀它時必須自然接受各種新觀念，且可使人在對它熟悉後自然覺得文言困難，因而自然遠避各種古籍，因而對舊觀念自然形成某種免疫的能力）——讓本來無籍籍名的陳獨秀成為「全國最高學府」的「文科學長」（即今之「文學院長」），剛剛回國的胡適之成為其中的名教授，使他們「一登龍門，聲價十倍」，因而使他們的主張發生了「登高而呼」的廣大作用的，是蔡先生；讓「白話文」迅速普遍化的，是民國九年北京政府教育部的通令全國小學課本一律採用白話文，當時，站在那個教育部背後的，也正正便是蔡先生。

因此，我願放膽這樣說：當年林琴南寫給蔡先生那封有名的攻擊「新文化」的信，受信的對象委實沒有搞錯。如果沒有蔡先生，如果沒有蔡先生當時辦理北大重用新進學者的方針，「五四運動」縱有，可能也就僅止於愛國運動，而「新文化運動」縱然還會出現，應該也會和今之「五四運動」面目全非了。

四、真正的儒者與仁者

我們這位親手培育出「新文化運動」的蔡先生，這位力求新學、日新又新的蔡先生，其自身是否也像「新文化運動」後來所叫的許多口號一般地「新」呢？

絕對不！

可以這麼說：蔡先生在感情上頗好新奇（如他作八股文的喜以怪字易常字），在理智上重視辦學和秉政之必須在思想原則上「兼容並包」，但在自我操守見解上，蔡先生則可說乃是一個百分之百的儒家人格。

首先，蔡先生是明白標示尊孔的。他在教育總長任上由於謀國之忠，他要把「尊孔」這一條目從國家的教育原則中剔除；但在私人行為上，他在喪偶續娶時，拜的不是社會上通行的「三星軸」，而是紅幛上的「孔子」二字。

其次，蔡先生對眾所詬病的舊說，願意從合理方面去加以同情了解；對眾所豔稱的新說，也常能保持某些合理的保留。前者如他解釋「三綱」說：「綱者，自之對，三綱，為治事言之也。國有君主，則君為綱，臣為目；家有戶主，則夫父為綱，而婦子為目。此為統一事權起見，與彼此互相待遇之道無關也。」後者如他批評當時新傳入中國的「社會主義，廢財產廢婚姻」之說，道：「必有一介不苟取之義，而後可以言共產。必有坐懷不亂之操，而後可以言廢婚姻。」（皆見「傳略」）

再次，蔡先生整個的立身處世，不但在大綱節目上，能夠恪守孔孟的「出處辭受，一絲不苟」之義，使人幾乎毫無可以挑剔的地方；即在許多生活小節方面，差不多也都能體現孔孟那種「親親，仁民，愛物」的仁道風格。

就「親親」說，蔡先生和他的哥哥乃至他的繼室黃夫人，都曾因母親生病而「割股」（見「傳略」）——其實這已是由孝而迂，實已違背孔孟之道了。

就「仁民」說，「傳略」載：「孑民最不喜坐轎，以為以人異人，既不人道，且以兩人或三人四人代一人之步，亦太不經濟也。人力車較為經濟矣，然目視其傴僂喘汗之狀，實大不忍。故有船則乘船，有公車則乘公車。」「必不得已而思其次，則馬車……能不竭馬力，亦尚留愛物地步。」不僅如此，我就曾親聞北大老師轉述過：蔡先生對撒謊向他借錢的人，一樣照借，說是「讓他自感慚愧」云。

就「愛物」說，「傳略」載蔡先生在萊比錫時，「讀俄國托爾斯泰氏著作，描寫田獵慘狀。遂不食肉。」友人難他說：植物難道便沒有生命？他答道：「戒殺者，非論理學問題，而為感情問題。感情及於動物，故不食動物。」因此，後來蔡先生雖因病遵醫囑恢復肉食，「實仍偏重素食，惟不如以前之嚴格耳。」

總之，蔡先生是真正的儒者，或者說，具足「溫良恭儉讓」之德的仁者——這是蔡先生後繼者蔣夢麟先生對北大學生稱頌蔡先生的話，我絕對相信這是一句誠實的話。

刊《明報月刊》總第二十九期，一九六八年五月

仁者永安．仁者永在——敬悼柳內滋（柳志成）先生

一九七三年三月四日上午，我發憤打破遲起的習慣，趕往新亞書院禮堂，前往參加柳志成（柳內滋）先生的追悼會，並向柳先生遺孀　夫人敬申弔唁之誠，再次陳訴我對柳先生昔日予我的一分隆重情誼的深切感激。

這一弔祭，對我個人來說，還真稱得上是一件大事。我自一九六二年初參加胡適之先生的追悼會之後，十一年來，（除開「旅港國立北京大學同學會」參與主辦的那次朱家驊先生追悼會不計，因為我純是以當時這一同學會的幹事一員身份參加的，）這正是我對好些我所認識的逝者追悼會皆未出席之後的首次參加——即使再加上靈堂拜祭，在這段時期中我所曾參與者，似也只有李秋生先生前夫人之喪（按李大嫂在六二年曾伴秋生先生，共我及羅錦堂、胡菊人諸兄一起赴馬尼拉出席第一屆亞洲作家會議，視我如弟者），向柏炎先生夫人之喪（按向先生伉儷對我患難情

誼極厚），及岑熙展小弟之尊大人季翘先生之喪（按熙展弟曾是伴我一起在排字房執字粒的「黑手黨」朋友，我一直視如嫡親手足者），寥寥幾次而已。

柳先生和我其實不算知交。我在日本留學五年，前後與柳先生見面可能不到十次八次；一九五七年我返回香港，柳先生不久結婚，賡即來港長住（柳先生是日本亞細亞大學留學生部的長期海外負責人，曾為日本時事通訊社駐港特派員，復與唐新樹先生等在港創辦日文專科學校，其後更一直在新亞書院教書），我和柳先生更是幾年難見一面，交情之疏淡，視「君子」且尤有過之。我相信這一情形完全可以理解。我和柳先生素無任何工作聯繫，也缺乏任何共通嗜好（柳先生善飲，我的長期健康不佳使我不能嗜飲，柳先生善圍棋，我的圍棋技術則一直停留在剛剛會下的階段），而我們剛好又都是性格拘謹，不擅主動表現感情的人——再說，我在這十幾年中的長期艱苦情況，也不允許我去隨便向人主動結交，因此，柳先生和我之間的來往不多，可說正是十分自然的。

雖然如此，我仍是一直尊敬柳先生，一直視柳先生為我某一意義的畏友。畏友不必即是知交，適如尊敬可以完全不必來自世俗的親近。而柳先生之能為我所尊敬，於公於私，其意義都正可說是絕不平凡，絕非一般世俗之情所可方擬於萬一的。

柳先生有兩個名諱。中文名叫柳志成，即姓柳，名志成，日文名叫柳內滋，即姓柳內，名滋，這一雙重名字，正好說明了柳先生命根柢處的那一雙重身分——柳先生是生於中國、長於中國的日本人（柳先生生於營口，長於東北），同時也是源自日本血統、浸淫日本文化優秀成分的中國人；柳先生在國籍上隸屬日本，在感情上熱愛日本卻更傾向中國，他有作為一個日本優秀知識分子所應具有的一切文化教養，但他隨處都會自然流露他那種遠更鮮明的中國人氣質，一個剛毅木訥、淳樸善良的中國鄉下人的氣質（我這裏絕不指他的那口和中國人一樣流利的中國國語，以及遠高過今之中國知識分子的對中國傳統文化的素養）；柳先生最愛唱的一首歌，是中國人那首抗日名曲「我的家，在東北松花江上」，因此，他在中國抗戰勝利以後，仍不願被遣返日本而設法繼續留居下來，然後再和其他中國人一樣地逃避「解放」大禍，逃來香港，住在黃大仙木屋區，希望可以在香港苦捱生根，直到實在捱不下去才勉強回日本去（因此，他起初曾被日本當局視為冒充日人的中國人），然而他仍念念不忘重返香港，或者說重返中國，他一定要把他和他那位地道日本夫人（連中國話都完全不懂的）所生的獨生子柳內浩送進香港中國學校像普通中國孩子一樣地接受中文教育，他希望他的下一代仍然和他一樣地具有「日本人而兼中國人」的文化身分，不僅如此，他畢生的最大志願，便是對他深心中那個（明知幾個世代後也未必即可實現的）「中日韓聯邦」，從事自他身邊開始的，那怕一磚一石也好的感情奠基工作。一句話，柳先生是一個偉大的人，一個真正的人，一個在根柢上完全忠於祖國（日本）而又完全超越了狹隘「祖國」畛域的「理想人類」的現實例證。

這是一個非常偉大，非常崇高，偉大崇高到簡直不可幾及的傳奇式人格，這根本已即是當年栖栖遑遑、「知其不可而為之」的孔子風範了。——非常慚愧，我雖不僅佩服而且贊同柳先生的這一偉大理想，卻絕無柳先生這股「知其不可而為之」的硬幹精神。當然，話說回來，只要人類今後不致滅亡，則天下一家自是必然的通路，而同屬中國文化（站在非中國的東亞人立場即是「東洋文化」，適如希臘羅馬文化之為歐美各國的共通古典文化）的中日韓越等國，其必先滙為一個高級協和的政治單位，當然更是順理成章之舉，我深信屆時大家必會尊柳先生為篳路藍縷的先知先覺，不過這不知該當是何年何月的事了。

上面所述的，是柳先生在「公情」方面的卓絕偉大，其中許多內容應該都是知道柳先生的人所耳熟能詳，可能知道得比我更要多上許多的。這裏我想再略提一下柳先生所曾予我的私誼——這在柳先生以至柳夫人為人行事中可能完全是卑不足道，但就我而言，則絕對是我將沒齒不忘的大事。

近十年來，我在香港有過一段極其黯淡危殆的歲月。我曾在一九六七年，在我的求生掙扎瀕臨絕境的時期，向上述這位與我素無往來的柳先生作過一次將伯之呼（因為我在當時已另無可靦顏求告者），承他立刻如我所求，慨然借給了我一筆錢（在他絕非一筆小數，可能相當於他在新亞書院的整月薪水），然後是，我還不了（連一部分都還不了），再然後是，我自覺境況已略可透氣，可以開始考慮一步步清理積欠時，忽然聽說柳先生已經作古了！於是，我只好勉力準備了這筆錢，拿去追悼會上交給蒞會答謝的柳夫人，這結果是——柳夫人搖頭拒收，我以為柳夫人誤會這是賻儀（因為我一直以為這件事只有柳先生和我二人知道），乃強調說明這是當年的債項，柳夫人答說：「我知道，這是當時他已經贈送給你了的！」我當然不肯承認這是贈款，終於硬逼柳夫人收下。我在這一刹那的感覺是：我彷彿重回兒時故鄉，再度看見了我當年熟悉的那些親友的影子，那些真正從中華大地上生長出來的中華同胞的親切的影子。

希望讀者諸君千萬別以為我是在大驚小怪，憤世嫉俗——近十幾年來我遭遇過形形色色千奇百怪的經驗：有曾經惠我以某一借款（這我當然感激），在我瀕於凍餒時卻一再逼我以「還債的義務」，說是「需要用以裝飾住宅」的；有其本人（按屬高薪階級）與我素無糾葛，卻勇於代人（按亦高薪階級）仗義執言，指教我「人格首在信用」，把我罵得狗血淋頭的；有曾經接受過我昔時的極大幫忙，對我從無利害關係，也從未回頭幫過我任何事，對我當然更絕無任何「通財」興趣，卻偏有一見到我便會問我「開銷夠不夠」的熱烈關心，一聽我答說「勉強還過得去」時便滿臉失望之情的……更離奇的經驗還有許多許多，卻從未經驗過一個借錢出去不讓人知（但卻可以讓太太知道），對方還債居然拒收（而且還在人天永隔的時刻）的事例——這是我無論如何不能不感動的，這顯然是屬於「鏡花緣」或者「天方夜譚」之類說部中的糊塗人物，這類真實的糊塗人物，幾乎只存在我少時回憶之中，荒唐邈遠，早已悠悠如處三皇五帝之世的了。

我素極敬重柳先生卻不太恭維一般「日本人」，我一直和我的許多中國同胞一般，認為日本人是一個「小氣的民族」，但我絕對不能不承認柳夫人正是一個十足十的「日本太太」，我想，莫非我過去了解的中國人有的已轉世日本而今之中國同胞則比日本人更日本化乎？

是為柳先生（還有柳夫人）對我的私誼，是為此一私誼表現中偶爾閃射柳的先生伉儷的若干人格光彩——一種本是中國鄉下人大都具有，絕不出奇，而在今日卻出奇得近乎荒唐的人格光彩。

像這樣一位卓越偉大、淳厚溫煦的人格，現在已經謝世，已經與我人天永隔了。這當然是無可如何的大憾事，不過我並不怎麼感到悲哀，我參加柳先生的追悼會時即自知內心並無何種深切的「悼」念。我的哲學思維工作久已讓我了解：「賢者雖歿不亡」，賢者的死絕對只是其生命形式的另一更美更好的轉化。因此，（適如我近兩年來有意不去參加我本熟識的兩位文化界名士的追悼會，因為他們都會在其死前不久拒絕過我的過訪，我自知他們雖已息勞，亦仍必視我為「不受歡迎的人物」一樣，）我相信我這次的匆匆趕赴柳先生的追悼會，必已為柳先生在天之靈所知，而我拜託胡欣平兄轉告柳夫人的「願浩姪視我為叔」這句心願，當也必是柳先生之靈所已聽到了的。

願柳先生永遠含笑，永遠與中國人（當然也還有日本人）同在。

一九七三年三月十七日

刊《東西風》第六期，一九七三年四月

長懷孟志孫先生

孟志孫先生是我終生仰望的第一恩師。（另外兩位恩師，是我就讀北大時得能從學的，哲學權威賀麟自昭先生，與海外多數中國人普遍尊為中國當代第一作家、共列為最有資格得諾貝爾獎的沈從文先生，賀沈二先生對我也有類如志孫先生一樣的厚愛。）在感情上，志孫先生是唯一一個在我就讀高三下時，挺身而出保護我，使我終於能在南開順利畢業的恩人（當時身為高三級任的某人已勒令我停課三天，即將開除出校，罪名我至今不悉，因為此人只是要我自動檢討認錯，我既不知在他心目中我究有何「錯」，當然無法去「認」，因而更被證明為「抗不悔改」，其手法與後來大家熟知的各種政治鬥爭手段如出一轍）；志孫先生是不僅視我如子姪，連帶也視我的三弟輝林如子姪的親人（四六年夏輝林轉學南開高二，在獲得取錄入學前，承志孫先生堅邀，一直就在津南村先生寓所食宿溫習，四九年底我和徐東濱兄經天津南走香港，上船前夕也是賴在先生天津南大宿舍客廳裏渡過的，我至今尚不知此事對先生後來究竟造成了多大的困擾，思之憮然）；志孫先生是對我誘導獎掖到已遠逾「溢美」程度，至今仍然使我惶悚汗顏、愧無以報的罕見良師（我的語體文到了高二仍然是「改良腳」經先生指點曰「一樣要背誦」，並介紹繆崇群、麗尼二先生的散文，要我去擇佳抄摘不斷背誦，如是半年，我的語體文才得以「驀地脱胎換骨」；而尤稱異數的是：我在高三那篇作文「我為甚麼要讀哲學系」，承先生賜分「甲上」，並加評語「苟能黽勉鑽研，前途殊未可量」，這已是令我面紅心跳不止的了，而比這一鼓勵還要令我震撼的，是曹仲華兄至今仍然記得的一句對我的突兀評語，那可能是由於衝力太大，為我自己後來都不敢留存記憶的）。以上這些，都還只能算是志孫先生對我個人的德惠；事實上，更重要的，志孫先生正是當代稀如鳳毛麟角的一位「明師」，這才是志孫先生對南開、對我們大家、以至對我們這一時代的真正光輝仁澤之所在，這便不僅是僅僅個人感念所可拘囿的了。

志孫先生是現實教學中極難遇到、甚至可説是千百年中未必有幸遇到的「明師」，因為他在甫過四十之年，即已通透了有關文學哲學以至一般學術文化的許多基本道理，而且能用一些生動有力、一針見血的辦法，把這些道理自然貫注入像我這樣的學生心中，化為學生所一生受用不盡的種種重要的觀念。我還記得我們的高二國文，等如一系列「簡明中國文學史」，此中內容自極豐饒，然而臨近學年結束時，志孫先生告訴我們的竟只是這幾句話：「你們對本年所學，甚麼都記不得也沒關係，只要你們已弄清楚了幾個有關文學的觀念，那便已算是全年豐收了！」——短短數語，說明了先生傳授給我們的那些個觀念，在先生心目中具有何等重要的分量。

同樣地，在高三短短一年中，志孫先生又傳授給了我們好些有關中國文化以至一般哲學問題的重要觀念。然後，我們便拜別了先生。

這些「觀念」，支持我衝過了中國千年未有的天下滔滔而迄未迷途，也支持我度過了世上萬人難遇的重重苦厄而迄未喪志。在我真正「黽勉鑽研」數十載後，我才發現這些「觀念」，原來正是古今中外眾多哲人才士不謀而合的各式心血結晶，「放諸四海而皆準，百世以俟聖人而不惑」的人類文化瓌寶。志孫先生正便是這位傾囊相授者。

這才是我們這位深值懷念的志孫先生，這麼一位能把人類文化瓌寶在中學課堂上隨意揮灑的獨特智者。

一九八六年十二月廿八日　香港

悼常正文兄

常正文（馮大海）兄在我的了解中，該算是一顆可能光耀中華甚至還可能光被寰宇的文藝巨星，可惜這顆巨星尚在蓄勢積熱、孕育形成之時，即已一步步靠向籠罩我們這個時代的那片龐大的黑洞，一下子便給吞噬掉了！

給吞噬掉的巨星與可能的巨星當然還非常多，不過常正文卻的確不能不令我萬分悼念，因為蒙他不棄，我曾是他心目中的一個不僅交情特深、而且分量特重的同窗密友。

就私交說，正文與我同屬四四級中所謂「南社六子」的這個文友之會的小組合，而且還是六人中相偕前赴西南聯大升學、再一道從軍受訓作翻譯官，其後又在北大同處一室達二年之久的「交齡最長」的兩個（另外的范繼淹、朱永福、喻權固三兄皆入中大，劉文圻兄則另入川大，皆與我長時相隔）。正文作翻譯官遠調湖南芷江前線時，曾將他一直秘不示人的多年日記託我保存，（因我僅在雲南後方機場服務），許我一人自由閱看。後來在北大，因了我思想「頑固」，一直堅拒與他同步「前進」，他始而拉我進入「北大劇藝社」去跑龍套（此事對我後來之能寫劇本至有幫助），希望以劇藝社中那種一面倒的思想風氣來感染我，不收成效之後，居然對我大顯猙獰，大示詈辱，吵大架絕交，使我以為我真的瞎了眼。然後總算由徐東濱兄調停，勉強恢復點頭關係。再之後，他休學南遊半載，在四八年夏從南京把我的弟弟輝林帶來北平，（輝林當時獲南開中學保送，要入南大升學），不久正文便跑解放區，隨軍打進天津，再來業已易幟的北平，以為我在形勢比人強的新形勢下，總會與他再度志同道合了。沒想到我「頑固」如昔，使他不得不再度對我翻臉。事後我聽說他曾因此流淚，說是「蕭輝頂多再拉住徐東一年」云云——這是他最令我感動的話，彷彿五億人紛紛來歸，唯獨蕭輝一人不服，都足以讓他傷心落淚，而且蕭輝還真有力量「拉住」其他的豪傑之士的思想似的，他把我看得實在太重太重了！（這種對我的重視程度，以後貳十年間我雖也曾偶爾得諸他人，但與基本上視我如鴻毛的整個人山人海相比，少得委實不成比例，使我不能不承認正文在對我勃然變色背後的那番情意，的確是「知己難求」的。）

以上這些僅屬私交。除私交外，站在中華子民乃至人類一員的立場，正文所已顯示的那片熠熠巨星的光影，才應是最值得我和其他友人同申悼念的。

適如南開其他同學之所共知，早在南開就學時代，正文便已是一個光芒四射的明星人物。他是作文比賽、詩詞比賽、講演比賽以及其他諸如此類比賽中的經常優勝者，他是話劇演出的當然主角，他的渾身是勁的肌肉使他在運動場上也殊不後人，他還是當年我們這群毛頭小子中的「情聖」，女朋友可以一個接着一個……然後，我和他成了好友，我知道了他自幼不但貧困異常，而且「身世有難言之恫」，我了解他在粗獷時能如狂虎蠻牛，在溫順時又能如深閨少女，他可以出入戰場滿不在乎如海明威，又可以把詞填得婉孌如李清照，把新詩寫得纖麗如寫水仙詞的保羅·梵樂希，他能夠豪氣干雲灌下幾大碗雲南雜果酒而一醉二日不醒，又能夠心細如髮把周遭人等的隱秘意圖洞觀得一清二楚。總而言之，他有孟志孫先生（對曹禺何其芳都極熟悉的孟先生）許為罕見的才華，他有能新能舊、可中可西的文字功力，他有觀人於微的本領與深知世情的閱歷，他在詩、散文、小說、戲劇（他是話劇名角）這幾種文藝體裁上都有超越普通作家的訓練，他的各種毛病，換一角度去看竟然通通成了「飛揚跋扈」「痛飲狂歌」「風流自賞」的李白式作風，不僅如此，西洋文人誇稱為才士靈感之源的「wine woman war」這三個w他佔全了，西洋學者推許為創作之生活基礎的「貧窮、愛情、戰爭」的體驗他也通通熟透了——他太夠資格成為第二個海明威了，甚至他還大有理由更上層樓，流輝萬里，因為他所承受的文化背景與他所託足的時代情勢，都比海明威之所恃要深厚太多複雜太多了！

然而，也正是這個時代吞噬了他。因為他那種縱情使氣的性格，那種完全不曾受到孟志孫先生所教儒家「毋執一偏」之陶冶的「只顧一方面」的暴躁性格，首先是使他與我在任何辯論中都完全不能相通，最後更使他在與「大形勢」的頂撞中化作一團烟火，灰飛煙滅了。

我記得他在高二班上作文時，寫到風箏，寫到最後的「連放」有這麼一首自作的小詩：

你，自由的囚犯，
驕傲地在高空飛翔，
但你生命的舵卻永遠不能自掌。

空負了你生命的帆。
於你只有更悲慘的命運，
——當你脱離了人世的羈絆。

文章接着説連放的風箏最後沒入了天際——張着情感的帆，失卻理性的舵，在被人操縱的線最後給人剪斷之後，我們這顆可能的文藝巨星也終於沒入了天際。

我只剩悼念。我已不忍再作任何分析。

一九八六、十二、廿八　香港

附錄

車上

星期六上午出城的校車並不擁擠，湘和淳很容易地就找到了一排座位，靠着窗。他們看得見慢慢移向後面的故宮的城牆；車子開動了。

湘和淳來到北平一年多，兩個冬天和一個春天（假如北平有春天的話）都是在城裏度過的。他們錯過了冬天郊外的皓皓雪林，也沒有領略清華園和燕園裏的錦城花幛，讓記憶裏只保留住北國三月的風沙。現在，冬天算是過去了，春天卻還沒有來，他們在這個季節的間隙裏到郊外去玩玩，多少有點聊以解嘲的意味。

車子在坦平柏油路上馴順地滑動着，隔窗望得見景山上面光禿禿的樹，枝芽上也許才茁出蓓蕾；再過去，北海仍鋪着未解凍的冰；天是一片鉛灰色。尋春委實是太早了一點兒。但湘的心裏卻浮漾着一種春日遊絲般的欣悅。

「三月桃花逐水流」，湘不知怎麼想到了這句詩。回憶輕烟似地團團拂過又散開；他想到了他底家鄉的春天，各式各樣風箏，在雲淡風輕的空中飄揚，甘蔗，墳頭的紙花，渾濁的「桃花水」，完全東方情調的「遊園會」他想到了山城那個中學校的魚池，那裏藏他三載韶光殘燼的地方。柳條應已濺上嫩綠，桃樹和李樹許也含苞欲放了。池水正不斷地渙着漪漣，把菁山的青翠搖動個不住。那裏，陽光溫暖而柔和，人面都顯得十分紅潤。才二月呵，湘底家鄉的春比江南來得還早！

湘的腦中依稀浮起了許多面影，這些都是他在春天，在那個魚池邊的柳樹下桃樹下常常碰見的。面影的主人們早已風流雲散了，僥幸坐在他身旁的淳和他正打算去找的芹還是那些面影主人裏的兩員。淳已是老相識，芹和他在中學裏原不認識，畢業後又是兩年半的天各一方，要不是勝利後兩個學校都復員到北平來，他們恐怕一生也見不着呢。但現在他們卻相處得那麼近，變得這麼熟悉，親暱到他無時不想去看看她——想去看她，心裏卻又帶點畏怯的成分。

湘忽然覺得這未免有點可笑，他轉過頭去望望身邊的淳，看淳是否窺破了他情感中這點「秘密」。沒有甚麼。淳的臉平靜得深秋池水一般，他心裏現在是否也像深秋池水的澄瀅或是依然有些年青人雜亂的聯想？淳的臉上向來是平靜的，那是一個農村，一個情願與草木同生鹿豕同遊的隱士們悄悄建起的農村底縮影。他的平靜近似對人生擾擾的某種悲憫，又像是一種哲人最高境界的嘲笑。這神情不免常常使湘覺得不安。他要報復，要抓住淳的想思，改造牠，檢討牠，甚至于有意觸犯牠。淳究竟在想些甚麼？他從東安市場裏買來的那些牛津版本的小書？衣修午德和撒松底透明的風格？他班上那些千巖競秀乘運躍鱗的犖犖群才？快要上演的戰地鐘聲？東北之戰和岌岌不可終日的華北局勢？學校南遷的謠言？他聽到不下數十萬字的可笑可憐的戀愛心理？他的家？他死去了的母親？呵，他的母親也過去了！湘的心底浸漬上來一層迷惘。頻年的漂泊、困厄，湘早已學會了把臨時落腳的地方看成家，企圖在天地間獨往獨來的了。但這時節，卻忽然感到一陣寂寞，臉上不自覺浮着一個勉強的微笑。

窗子外，赤裸着的土黃色的田野正大片大片地掠過。已經出了西直門了；車子正用三十邁速度疾馳而前。

湘似乎覺着一陣寒冷，他的意識透過車窗，現在在野地裏面徘徊了。沒有人。

赤黃色的大地伸展到天邊，北風在吹，湖冰緊凍着，冰面滿是疙瘩和皺紋，如同一個老水手蹙着眉頭的寬臉；大地死死的，地面還沒有一絲綠意，到處是積雪堅冰。殘冬正在上面艱辛地移動着腳步。湘站在那兒，突兀堅挺如一塊頑石，背負着嚴寒，背負着無數世代的肅殺。他的牙齒磨得格格作響。他緊握拳頭。他要鞭打時間！

呵，但願春風能從海上吹來！

還有雨，還有杏花，還有柳梢的新月……

這意識忽然感到一陣空靈，自己倒化成了春風，輕飄飄地鑽過玻璃回到車裏來了。看看淳，淳仍舊是那麼平靜，或者再加上一點脱出鬧市滌盡塵囂的閒閒的欣快。湘的想像扭斷了。他習慣地把手伸進衣袋裏，打算摸個烟盒出來。然後，倏地意識到他還呆在車上，於是頹然搖搖頭，懶懶地斜倚車窗，看究竟到了甚麼地方了。呀，海淀就在前面，目的地快要到達。他覺得稍稍興奮，或者説一點緊張。

湘又墮入了自己內心的底層，千萬種想像正飄忽地蕪亂地起伏——芹現在會不會不在宿舍裏呢？去找她的時候，找到了她以後，會不會被別的朋友碰見呢？整個寒假的實習，現在她恐怕正忙於作報告，這時去找她，她會不會着惱？會不會拒絕陪他去玩？她會不會一眼就看破了她的心事而暗自竊笑？

呵，不，不會的。他必然將如過去一樣等待着，他們會一塊兒肩並肩地出去，圓明園，頤和園，玉泉山，隨便那兒都成。他將看見她眼裏露着一個在情愛中女孩子特有的愉快的光輝，靜靜聽着他講的一些莫明其妙的空話，然後她也講一些同樣莫明其妙的空話。他們將攙着手一同爬上萬壽山，在佛香閣垣牆闌干邊一同盼望東邊天際的第一絲風信；他們還將俯望還沒解凍的昆明湖，迴想去夏那百頃綠波，去夏他和她，還有另外一些朋友，在龍王廟前長日游泳的情景。那時他們剛正式認識各自還有一點陌生的羞怯和排斥，然而玩得卻很好。——不想也罷，那時的回憶裏彼此是多麼淡漠呵！

湘偷偷笑了一笑。他們從夏天分別以後，已半年沒見面。他從來沒有想過要去看看她。這時，從她實習的地方分手才七天，於他卻像隔了長長的七個世紀，七個黑暗冷酷的世紀。他再也不能耐下去了，假如看不見她，他簡直不知道把這開學前的整整兩天兩夜時間如何安排。

望得見海淀鎮的黑黑房屋時。

湘摸摸頭髮，整一整衣服，再望望腳下新擦過的皮鞋。他有一種滿意自足之感。偏着頭，繼續想下去。

春天不遠了，春天已經來了。她脫下了現在穿的深紅色的大衣，兩條小辮剪得更短，也許仍繫着現在繫結的花綢的蝴蝶結兒，換上了她曾經給他鑑賞過的淡藍呢的襯衫，等待着他的來到，（車子正按着喇叭，在海淀街上嗚嗚地馳過。）在花樹叢中，在綠溶溶的未名湖畔，共同烘染一些快樂的時日；（他記起了前次臨別她那句甜透了的話：「開花的時候，你一定要到燕大來！」）她的眼睛會更亮，她瑩潔的臉上會暈出紅霞，她的聲音會更甜更細更輕，傾吐着一些沒有連串的圓潤的珠子。他們將珍惜花影下的每一分月光，他們將……

但今天，今天怎麼玩呢？他應當向她說些甚麼？他應當向她不說些甚麼？

湘由興奮變得稍微有點煩亂了，兩眼出神地望着前面，忘記了此時，此地，忘記了他是一個正在坐車的存在。他靜靜坐着，如同一個在沉思裏向深處遠處游泳的哲學家。

「唉，在想甚麼心事？你的車票呢？到了！」淳向他說着，臉上的平靜隱褪了，卻換上一個深沉的微笑。

湘好像一個睡覺剛醒的人，茫茫然望着站在旁邊的收票員，然後下意識地伸手進袋去摸索車票。車眞的快到了，那兩隻石獅子，那兩扇敞開着的朱漆大門，不就是——

「喂，你仔細看看，那是誰？」淳聳了聳肩。

「甚麼？」

校門內剛開出一輛進城的校車。湘依着淳的指手，看見左邊第三個車窗裏坐着一個辮上繫着花綢結的穿深紅色大衣的年青姑娘。她的身影正隨着那部車在他們窗邊匆匆掠過。

三十六年三月十六日，工字樓

刊《新路周刊》第一卷第十八期，一九四八年九月十一日

都市逍遙游

我不會跳舞，我很難想像在銀燈蠟板、煙濃酒馥之中，擁抱着一個異性，隨着聒耳的爵士樂節拍去進進退退的滋味是甚麼，我所熟悉的是另外一種滋味，一種說不定就像別人跳舞那樣好玩的滋味：在天青風暖或者月朗蟲吟之中，連同一二好友，或者僅僅摟着自己滿懷的閒散，隨着心靈的節拍，去挪動自己的雙腿，在某一較大範圍的空間中進進退退；是即散步。

人往往不免喜新厭舊的毛病。人覺得游泳、溜冰、滑雪是快樂，人覺得划船、騎馬、乘摩托車或開汽車遊「河」是快樂，人覺得帶着舞伴進進退退是快樂，人大概都會以為真能像鳥兒那樣展翅高飛，或者真能像劍仙那樣「挾劍飛行」，一定更是快樂，是的，這些全是快樂，因為它們全能讓我們「控制着某種東西，去作一種有韻律的、自由自在的行動」，滿足我們那種「需要有節奏的自由活動」的慾望。

可是，我們如果不是為了趕路，則「控制着自己兩條腿」去漫步而行，豈不正便是最自由自在的？豈不正便是不費力、不花錢，毋需場所設備也不必定要伴侶搭檔，因而特別自由自在的？

道理真的便是這樣。真正懂得散步之樂者：會覺得其他各種「挪動身體」的玩意，除去附加上某些生理心理刺激而外，基本的趣味實在和散步差不太多；只不過「走路」是我們過於熟悉的行為，習焉不察。所以許多人，特別是在都市裏面忙碌慣了的人，都不會去細細領略此中的「逍遙」況味而已。

當然，理想的散步場所仍以鄉野為宜。沒有太多太嘈的聲音，沒有太高太擠的建築物，沒有各種各色的烏煙瘴氣，沒有紅綠燈更沒有街頭老虎，有的只是青山綠水，鳥語花香，空氣清新，視野遼闊，這時，穿着最隨便換言之亦即最舒服的衣服，踏着膠鞋、布鞋、草鞋甚至「無字天鞋」，幾個人也好，一個人也好，汗漫而行，信步所之，興盡歸來時準比吃了整打魚肝油維他命還要來得身心舒泰。不過，我們絕大多數人既都迫不得已要擠在大都市裏討生活，說不得只好「君子無入而不自得」一番，在柏油馬路上，在交通警察的指揮手勢下，去蹓躂蹓躂了。

其實凡事有其弊必有其利，在「軟紅十丈」的都市裏面散步，確也別饒一番滋味。白天逛大馬路，可以看櫥窗的擺設，商店的裝修，紅男綠女的打扮，三教九流的眾生相；晚上走「姻緣道」，更是照樣有靜趣，有生趣，有妙趣，頭上是碧瑩瑩的明燈，腳下是光溜溜的坦途，既無需顧慮車馬，也不必（只要那裏不在挖路起屋）擔心窟窿或水坑，只要一不趕路，二不趁熱鬧，三不談「學術與政治之間」；四不拍拖，保管你真有飄飄欲仙之樂——只是，汝曾被警告：衣着必須高貴，神態必須從容，兩手必須毫無挾帶，否則給巡夜差人厲聲盤詰一番，殊未免入殺風景耳。

刊《知識生活》總第十三期，一九六四年三月一日

詩·夢·人生

任何一個民族都有詩。詩應該是人類從黑黝黝的森林中鑽爬出來，嘗試用雙足屹立大地，嘗試在蕪蕪平莽上建立嶄新的生活，追求嶄新的夢時，所發出的第一聲驚歎與歡呼，以及這種驚歎歡呼之情，在爾後重重疊疊的跌倒又爬起的努力中，繼續迸發而成的種種吟嘯——詩應該正是「人之異於禽獸」的第一個標幟，人類自慶其業已開始擺脱「禽獸生涯」而作的，首次起自大地的天聲梵唱。因此，詩佈滿每一民族的歷史，詩鑄成每一民族的傳統，從野蠻到文明，（甚至，再從文明回歸野蠻，）詩正是每一民族文化中最紅最紅，最熱最熱的鮮血。

任何一個人都有夢。人僅能從大地上赤裸裸地站起來，人還無法立刻便光明被體，升沒穹蒼，人雖有人的手卻仍保持了禽獸的足，人不能不在現實生活中展現一種「半神半獸」的生命。因此，人在「文化」之外，甚至正正便在「文化」之中，仍然充滿了各種豺暴狼貪，鼠欺狐詐，以至各種鹿豕之愚與犬羊之懦，因此，人生充滿罪惡，而其必然的反面即是，（適如叔本華所説，）人生即隨之充滿苦厄，此人之惡即彼人之厄，這一群之惡即另一群之厄……層層相因，世間遂觸處皆是弱者的淚光，或者，強者的怒火——貪殘詐騙不能成就生活，濕漉漉的眼淚與賁張的血脈一樣不能成就生活，要活下去，即必須略如耶穌所説，要有理想，有期望，有愛，而這，又必須建基於一顆平靜澄澈，可作客觀審察的心靈，這一心靈的出現，又必須始自各種駁雜煩惱的情緒之「無害的宣洩」。於是，人便不能不作夢。於是，那怕眾弟子已公認為「仁且智『的，早該是一智者不惑，仁者不憂，勇者不懼』的孔子，也不能不去夢見周公，甚至，就連主張『至人無夢』的莊子，也不能不栩栩然去『夢為蝴蝶』。

　　夢可以使人在傷痕遍體中仍能獲得安撫，在灰濛濛的霧夜裏仍能看到晴天的太陽，在豺虎成群，鬼域遍佈的叢莽內仍能平氣靜觀，仍能不最後捨棄對世間他人之愛，最後，在眾苦侵尋下仍能使群魔一瀉盡散，使自己可以重新淬厲奮發，集聚精力，踏入明日的生活，面對明日的戰役。夢是美好的，可歌頌的。然而，個別的夢，畢竟仍是散漫無章，瑕瑜互見的——於是，作為夢的更美好的形式，人便開始作共通的夢，精鍊的夢，在白日的清明神志中用錦心繡口去慘澹經營而成的理想的夢；這便是「詩」，這便是詩的「興、觀、群、怨」。這便是凡民族皆必有詩的真正道理所在。

算命的人其實至堪稱許，他們正是在人間四處遨遊，四處散播希望種子，甚至把若干破碎心靈予以初步縫合的「夢神」。詩人當然更分外值得推獎，詩人給予我們的正是更精巧的「靈魂開刀」，更有力的希望，更美好的夢。

因此，我們祖先遺給我們的那些朵「夢神之花」，那些個豐盈曼妙的詩篇，我們，特別正在深重苦難中的我們，乃是絕對不應任加忽略忘記的。

刊《華僑日報》一九七〇年六月十五日

蕭輝楷作品集
蕭輝楷文學評論集

作　　者：蕭輝楷
編　　者：黎漢傑、蕭映仁
封面設計：蕭映仁、李鴻心
內文排版：Jimes
法律顧問：陳煦堂 律師

出　　版：初文出版社有限公司
電郵：manuscriptpublish@gmail.com

印　　刷：陽光印刷製本廠

發　　行：香港聯合書刊物流有限公司
香港新界荃灣德士古道 220-248 號荃灣工業中心 16 樓
電話：(852) 2150-2100　傳真：(852) 2407-3062

臺灣總經銷：貿騰發賣股份有限公司
電話：886-2-82275988　傳真：886-2-82275989
網址：www.namode.com

新加坡總經銷：新文潮出版社私人有限公司
地址：71 Geylang Lorong 23, WPS618 (Level 6), Singapore 388386
電話：(+65) 8896 1946　電郵：contact@trendlitstore.com

版　　次：2023 年 5 月初版
國際書號：978-988-76544-8-3
定　　價：港幣 108 元 新臺幣 400 元

Published and printed in Hong Kong

香港藝術發展局
Hong Kong Arts Development Council 資助
香港藝術發展局全力支持藝術表達自由，本計劃內容並不反映本局意見。